Jorge Rafael Nogueras

Centvorte

Cent cent-vortaj mikronoveloj

I0639706

Pri la aŭtoro

Jorge Rafael NOGUERAS UFRET naskiĝis en Portoriko en 1976, kie li kreskis kaj studis informadikan inĝenierarton.

Li eksciis pri Esperanto kiam li estis en gimnazio, sed komencis lerni la lingvon nur multajn jarojn poste, en 2016, spronite de sia amo pri fremdaj lingvoj.

Kelkaj el liaj noveloj kaj mikronoveloj ricevis premiojn en la Belartaj Konkursoj de UEA (BK); la Interkultura Novelo-Konkurso (INK); la konkurso "Esperanto ligas homojn"; kaj la literatura konkurso D-ro Ivan Kirĉev (EKRA).

En 2025 li iĝis membro de la Akademio de Esperanto.

Li nuntempe loĝas en Aŭstino, Teksaso (Usono) kun siaj edzo kaj du infanoj.

SERIO ORIGINALA LITERATURO

Jorge Rafael Nogueras

Centvorte

Cent cent-vortaj mikronoveloj

MONDIAL

Mondial
Novjorko

Jorge Rafael Nogueras:

Centvorte
Cent cent-vortaj mikronoveloj

Serio originala literaturo

Desegnaĵoj kaj kovrilbildo: Ana Lobo Carvalho

Provlegado kaj redaktado: Stela Besenyei-Merger
Kromaj provlegantoj:
Steven Cybulski, Valentin Melnikov, Tim Owen

ISBN 9781595695079

www.esperantoliteraturo.com

Enhavtabelo

Enkonduko

Mi ne longe parolos.

La jenajn cent centvortaĵojn – mikronovelojn enhavantajn ekzakte 100 vortojn – mi verkis inter 2021 kaj 2025. Iujn mi verkis cele al konkursado en iu literatura konkurso; aliajn mi verkis spronite de la Monda Verk-Monato (MoVeMo); aliajn mi verkis nur ĉar ties intrigoj venis en mian kapon kaj ĝenetis min ĝis mi finfine devis elcerbigi ilin.

Poste vi trovos aliajn miajn verkojn (iujn eĉ multe pli longajn!) kiuj laŭ mi – kaj espereble ankaŭ laŭ vi! – indas je eldonado.

Mi esperas, ke ĉi tiu mia eta kontribuo al la Esperanta literaturo vin amuzos, pensigos, kaj eĉ inspiros al verkado.

— Jorge Rafael Nogueras

Antaŭparolo

Schopenhauer diras, ke "La mondo estas nia prezento", tio estas pli malpli "la mondo estas nia ideo pri la mondo". Ekzistas do tiom da mondoj, kiom da homoj, aŭ, kiel diras la Proverbaro Esperanta en simpla naiva maniero, "kiom da juĝantoj, tiom da juĝoj", "kiom da kapoj, tiom da opinioj", ktp...

Niaj limigitaj sensoj, malsimilaj spertoj kaj kulturaj filtriloj estigas malsamajn mondojn ĉiuhome. Kaj ĉiu mondo, senescepte, estas difekta, manka, neplena, nekompleta, neperfekta, diverse manipulata kaj distordata. Provi do kompreni nian propran mondon, el vidpunkto kiu situas ene de tiu difekta universo, ŝajnas vana penado destinita al fiasko.

Konscie do, aŭ nekonscie, la homo provas kompreni sin kaj sian mondon, kaj tiucele oni uzas diversajn teknikojn, metodojn, sistemojn. Jen kial iuj homoj vizitas psikiatrojn, aliaj pentras, aliaj verkas... Nur se ni diversmaniere prezentas nian mondon ekster ni, jen per pentrado, skulptado, filmado... aŭ vortigo, tio estas rakontado, ni kapablas vidi ĝin iel ordigita, preta por esploro kaj kompreno.

Romano estas longa rakonto kun multe da elementoj kaj implikoj. Novelo estas mallonga rakonto, kiu implicas tre malmultajn personojn. Sed la esplorsistemo nomata literaturo bezonis trovi koncizan aliron al pli malgrandaj eroj de niaj mondoj, al epizodoj aŭ etaj aferoj rakontataj for de la ĉirkaŭa ĝangalo el okazaĵoj, kiuj malhelpas ĝustan kaj klaran komprenon. Tial estiĝis proverboj, aforismoj, sentencoj, etaj poemformoj, kiel hajkoj, kaj aliaj ĝenroj. Inter ili estas literatura strukturo konsistanta el ege mallonga rakonto novelece aranĝita, prezentanta simplan fakton, cele al ĝia facila asimilo: mikronovelo.

Same kiel en filmoj oni uzas foran, mezan, unuan aŭ ekstran planon, kaj en pentrado oni uzas larĝajn dikharajn penikojn aŭ mildharajn peniketojn, en romano oni malkoncize rakontas pri la alveno de letero, pri la reago de la ricevinto, pri la teksto, kiun la verkisto komplete proponas al la leganto, eĉ se nur unu vorto aŭ frazo vere gravas por la intrigo, ktp. En novelo malaperas la teksto de la letero, kies enhavon la verkisto komprenigas per inĝenia aldono de adverbo al ago de la ricevinto, aŭ per uzo de alia literatura teknika solvo. En mikronovelo, la rakonto minimumas, ludante nur per la spuro de larmo makulinta la tekston de la letero.

Kaj jen ni staras nun antaŭ *Centvorte*, verko kiu sendube helpos firmigi la enkondukon de la mikronovela ĝenro en la Esperantan literaturon, danke al la kuraĝo, persisto kaj talento de Jorge Rafael Nogueras, la verkisto, kiu ne nur decidis verki mikronovele, sed ankaŭ aldoni unu plian limigan kondiĉon al la defioj propraj al la ĝenro: 100 el liaj mikronoveloj konsistas el 100 vortoj. Ĝuste 100!

Kiel verkisto de mikronoveloj, Jorge Rafael Nogueras evidentigas sian bonan konon de la ĝenra kampo, kiun li kulturas. Neniel do surprizas nin la fakto ke li ricevis, en 2024, la unuan kaj duan premiojn en la branĉo Mikronovelo de Belartaj Konkursoj de UEA.

Nun, ni ĝoje salutu la aperon de Centvorte, plezuriĝu per ĝia legado kaj, poste, antaŭĝuu pensante pri novaj mikronoveloj venontaj el la lerta plumo de nia portorika verkisto.

— Liven Dek

Centvorte

Sindemandoj

Kiam mi estis juna, ne estis kutime flugi: nur aerarmeanoj rajtis tion fari. Hodiaŭe, tamen, temas pri ĉiutaga okazaĵo.

Kiam ajn mi estas en aviadilo kaj rigardas eksteren el mia fenestreto, vidante la etan homan formikejon sube, mi scivolas kiuj estas tiuj personoj, kiajn zorgojn ili havas, kiujn vivplanojn plenumotajn. Ĉu ili scias, ke mi gvatas ilin desupre? Kion ili pensas? Kion ili timas? Kiujn ili amas? Ĉu ili estas similaj al mi?

Mi ne povas ne fari al mi tiajn demandojn, ĉar mi faris al mi neniajn tiajn, kiam mi pilotis la aviadilon Enola Gay super Hiroŝimo en 1945...

Enterigoj

Mi ĉiam ŝatis enterigojn.

Nu, ne miskomprenu min: ne temas pri malsaneca, makabra fi-emo. Temas simple pri tio, ke ili estigas la plej bonajn ecojn. Ne estas ĵaluzo, envio aŭ malamo dum enterigoj, sed nur belaj sentoj: amo, respekto kaj estimo.

Dum enterigoj, mortintoj sanktiĝas: la ĉeestantoj panegiras, memorante nur la bonaĵojn de la forpasinto. Estas domaĝe, ke oni ne povas sperti tion dumvive! Tial mi ĉiam diris, ke mi ŝatus povi ĉeesti mian propran entombigon.

Sed nun, kiam tio fakte okazas, mi ekdemandas min maltrankvile – aŭskultante la teron daŭre ĵetiĝi sur mian ĉerkon – kiom longe mi ankoraŭ ĉeestos ĝin...

La sekreto de l' feliĉo

Kiam Marteno estis kvinjaraĝa, li trovis en la subtegmento de siaj geavoj misteran libron titolitan *La sekreto de l' feliĉo*, kies paĝoj estis - almenaŭ laŭŝajne - tute malplenaj. Neniu familiano sciis el kie ĝi venis, aŭ kapablis legi ĝin.

Li ĉiel provis malkovri ties kaŝitajn sciojn, sed vane. Li iam ekkonsciis, ke li estas tro juna por kompreni ties mesaĝon, kaj tial li ne povis legi en ĝi ajnan frazon.

Li pasigis jardekojn obsedate de tiuj flaviĝintaj paĝoj, atentante neniun kaj nenion alian.

Iun tagon, jam sepdekjaraĝa, li finfine kapablis legi la ununuran frazon de la libro: "Ne fordonacu vian junecon."

En la maron

Mi staras ĉe la kliforando super la maro, plorante. La konsciencriproĉo de la aŭto-akcidento ronĝas mian cerbon. Ĉu mi veturis tro rapide? Ĉu mi devintus drinki malpli? Poste, la lasta memoro: Rikardo, apude, krianta: "Paĉjo!"

Paĉjo. Kio mi nun ne plu estas.

Decidiĝinte, mi desaltas. En la akvo, tohuvabohuo de sentoj. Mi tamen vidas figuron kiu proponas sian manon save, tirante min supren. "Ne: ankoraŭ ne estas via tempo", voĉo diras. Ĉu... Rikardo?

Mi alnaĝas supren, kaj enspiras. Mi ekkonscias, ke fakte la voĉo estis mia. Ĝi malame flustris: "Ne estos tiel facile: vi ankoraŭ havas multajn jardekojn por trasuferi..."

Iom da lipruĝo por Marineto

Marineto ŝteliris en la ĉambron de Panjo, kiam ŝi pensis, ke neniu rimarkos ŝin. La dektrijarulino iris rekte al la tualetejo de sia patrino, la magia loko kie kaŝiĝis ĉiaj malpermesitaj kosmetikaĵoj.

"Kial Panjo malpermesas al mi ŝminki min laŭplaĉe?" la knabino pensis defie. "Mi estas preskaŭ plenkreskulo! Mi estas jam sufiĉe aĝa por surmeti lipruĝon: miaj amikinoj jam rajtas, do ankaŭ mi faros", ŝi konkludis, malfermante saketon de plibeligaĵoj.

Tiam, ekaŭdinte, ke antaŭ ŝia domo veturis la kamioneto de la glaciaĵvendisto, Marineto larĝe malfermis la okulojn frandaĵavide kaj tuj ekkuris por kapti ĝin.

La plenkreskuliĝo povas ĝisatendi la morgaŭon.

La suneklipso

La ĉefpastro eliris el la sankteja ĉambro kaj frontis la timigitan popolon baze de la piramido: "Mi ĵus preĝis al Aruĥ-Ka, kaj Li rivelis al mi, ke Li koleregas! Li certigis, ke Lia Granda Serpento formanĝos la Sunon, se ni ne klopodos plaĉi al Li!"

"Silentu, oldulo!" kriis junulino. "Kiam la pastraro ĉesos regi ĉion?"

"Li diris, ke nur ofero de insolenta virgulino revenigos la Sunon!"

Fortikaj akolitoj prenis la kriantan junulinon, alligis ŝin al la sangomakulita altaro, kaj oferis ŝin kiam la suneklipso apogeis.

La ĉefpastro reeniris la sanktejan ĉambron, kaj daŭrigis la studadon de siaj detalaj astraj mapoj.

La hereza rito

La adoleskantino malfermis la vazon etikeditan "Panjo" kaj elŝutis el ĝi ties cindrojn en la cirklon desegnitan sur la planko.

"El la morto mi vokas vin; en la vivon mi venigas vin", ŝi ĉantis, gutigante sur la cindro-amason iom el sia propra sango.

"K-k-kion vi faraĉas?!" ŝia patro, ĵus enirinte la ĉambron, demandis kolere kiam li vidis la riton.

"Mi provas revivigi Panjon... iel ajn!"

"Ŝi ne volus ion ĉi tian!" li kriegis. "Kial malpurigi vian animon per herezaĵo kiu eĉ ne funkcios?"

"Nu... Ĝi funkciis almenaŭ unu fojon..." la junulino diris, montrante al alia, nun malplena, vazo etikedita "Paĉjo".

Sigelita per mankiso

Karlo ĉiam estis plenkreska infano: li ŝatis filmojn en kiuj oni agas tre formale kaj kun kiel eble plej multe da galanto kaj eleganto.

Estas do nesurprize, ke kiam li konatiĝis kun Mario, kun kiu li tuj sciis, ke li dividos sian vivon, Karlo sigelis la jenan promeson per delikata mankiso: "Iun tagon vi edzigos min." Mario ruĝiĝis silente sed ridetis konsente; tamen, la ĉeestantaj infanoj rigardis ilin strange. Kia nekutima konduto!

Dudek jarojn poste, la infanaĝa promeso realiĝis. La ĉeestantaj adoltoj rigardis ilin ne strange, sed feliĉe, kiam post la nupto la du viroj sigelis sian amon per kiso.

La plej mallonga tago

Ĉiu tago daŭras dudek kvar horojn: ĉiuj scias tion. Nu, plej ver-
ŝajne sciencistoj ĉikanus vin, kaj klarigus al vi, ke fakte ili daŭras
foje iomete pli, foje iomete malpli. Sed, almenaŭ laŭsperte, ĉiuj
tagoj en nia vivo estas same longaj.

Nu, unu tagon oni vokis min por ke mi iru tuj al la malsanulejo,
ĉar mia sesjara filino trafiĝis je terura trafikakcidento. La kurac-
isto kiu traktis ŝin diris al mi, ke ŝi ne ĝisvivos la morgaŭon;
tamen, mi rajtis pasigi apud ŝia lito la tempon kiu restis al ŝi, kaj
teni ŝin en miaj brakoj.

Jen la plej mallonga tago.

Mia filo ne plu kursaltetas

Mia filo kutimis gaje kursalteti ĉien, kien li iris, kiel povas fari nur senzorga, feliĉa infano. Kiam li estis okjaraĝa, tamen, mi rimarkis, ke li ial ĉesis fari tion.

Mi venigis lin al mi, kaj milde demandis al li, kial li ne plu kursaltetas kiel antaŭe. Iom embarasite, li konfesis al mi, ke aliaj knaboj mokis lin senkompate. "Ne lasu aliulojn dikti vian feliĉon, kara: kursaltetu laŭplaĉe, kaj feliĉu." Li ridetis larĝe kaj foriris, gaje kursaltetante kiel iame.

Spektante lin foriri, mi fieris memŝate pri mia paĉja saĝo; tamen, poste, frapis min tristiga penso: kiam la lastan fojon kursaltetis *mi*...?

La Bona Paŝtisto

La gastemo de la ĉardo La Bona Paŝtisto estis elprovita kiam envenis la ejon ĉapelita fremdulo.

La drinkejestro regalis la novalveninton per glaso da biero. "Bela ĉapelo, amiko. Kie vi akiris ĝin?"

Videble malkomforta, tiu respondis: "Kial?"

"Ĝi similas tiun de mia filo, kiun oni murdis antaŭ kelkaj monatoj... Cetere, kiel vi trovas tiun bieron? Ĉu ne tro... amara...?"

Terurite, la fremdulo elsputis kion li havis enbuŝe.

"Ne timu: en ĉi tiu kristana ejo ni bonvenigas ĉiujn. Endormiĝonte ĉi-nokte, sciu, ke la gepatroj de tiu, kiun vi mortigis, pardonis vin."

Tiun nokton, aŭdiĝis plorado el la ĉambro de la fremdulo.

Vespermanĝe en Kukurbo

Liliana ne ŝatas kukojn – ajnajn kukojn. Estas do des pli mirige, ke ŝi translokiĝis al Kukurbo, kie ĉio – la konstruaĵoj, la stratoj, kaj eĉ la denaskaj loĝantoj – estas faritaj el kuko.

"Saluton!" iun tagon pepis al ŝi miele ŝia apudloĝanto, homeca estaĵo el ĉokolada kuko. "Estas krime, ke vi delonge loĝas apude kaj ni neniam gastigis vin! Vespermanĝu kun ni ĉi-vespere, mi petas!"

Liliana konsentis (malgraŭ sia kukmalamemo), kaj liveris sin ĝustahore ĉe la najbaroj.

Post la vespermanĝo, la najbaro petis, tranĉil-en-mane, ke Liliana transdonu sian manon. "Dankegon, ke vi konsentis veni! Ni neniam antaŭe gustumis homan karnon kiel deserton!"

Sed hospitale plej ĉarme

La maljunulo kuŝis en la hospitala lito kaj aŭdis voĉojn en la koridoro, ekster la silenta unupersona ĉambro.

Subite, lia plej aĝa, delonge nevidita filino kaj ŝiaj du infanoj envenis en la ĉambron. "Saluton, Avĉjo! Ĉu vi bonfartas? Ĉu mi voku flegistinon por vi, Paĉjo?" ili demandis dorlote.

Li nur ridetis kaj formangestis la helpoproponojn. Tuj poste eniris ankaŭ liaj du aliaj infanoj kun ties familioj, kaj estiĝis brua tohuvabohuo el salutoj, interkisado kaj demandoj: "Kiel vi fartas? Ĉu oni bone traktas vin? Ĉu vi bezonas ion?"

La maljunulo kapneis kaj silentis kontente. Li pensis: "Mi havu koratakon pli ofte!"

La magia ĉapelo

"Kie estas mia ĉapelo, Karla, tiu verda?" Miĥaelo vokis laŭte de la dormoĉambro, senespere serĉante en la ŝranko. "Mi ne trovas ĝin ie ajn!"

"Trankviliĝu, kara", ŝi respondis, envenante en la ĉambron. "Kial vi bezonas ĝin tiel arde? Ĉu vi devas ĉeesti iun ŝikan feston ĝuste nun...?" ŝi demandis petole.

"Mi celas mian magian ĉapelon, Karla", li diris, seriozmiene rigardante en ŝiajn okulojn. "Tiun, kiun mia Esperanto-instruisto donacis al mi..."

"Sed kion vi faros per ĝi...?"

Li senvorte montris al ŝi la telegramon kiun li ĵus ricevis: "VIA FILINO FORPASIS".

"Mi nepre devas ŝanĝi tion al 'forpaŝis'...!" li kriis, plorante.

La edzino de Doktoro Malevo

Kiam la edzino de Doktoro Malevo mortis, li sentis, ke lia vivo ĉesis havi signifon. Kiel utilas liaj scioj pri medicino, biologio, kaj ĥemio, se li ne povus utiligi ilin por revenigi sian amatan edzinon?

Dum fulmotondra vespero, li kuŝigis ŝian kadavron sur sian esplortablon, injektis al ŝi specialajn ĥemiaĵojn, kaj alligis al ŝi kablojn por restartigi ŝian koron.

Post kelkaj provoj, ŝi komencis moviĝi kaj malfermis la okulojn. "Ho, ne!" ŝi ekkriis terurite, rekonsciiĝinte. "Kial mi ankoraŭ vivas? Mi finfine havis la kuraĝon eskapi de vi...!"

"Ho, mi neniam permesos al vi foriri, kara", li diris, brakumante ŝin. "Neniam..."

Panaceo

Pro la tutmonda pandemio, mi havis multege da libera tempo, do mi decidis studi ion, pri kio mi aŭdis antaŭlonge: mondunuigan lingvon internacian. Ĝin mi tuj ekamis; ellernis ĝisfunde; fine eĉ disinstruis al miaj amikoj.

Tiam mi malkovris, tuthazarde, ke scio de tiu lingvo protektas homojn kontraŭ la viruso. Neniu el miaj amikoj, kiuj lernis ĝin, malsaniĝis; tiuj, kiuj estis malsanaj, eklernis ĝin kaj tuj resaniĝis! Mi trovis miraklan panaceon, kies ekziston kaj efikon mi ĉiel provis diskonigi al la homaro por savi ĝin de pereo.

Sed neniu atentis min... kvankam Volapuko povus savi la mondon! *Menade bal – püki bal!*

La marioneto en mia kelo

La marioneto en mia kelo ne vivas. Mi preskaŭ certas.

Kiam mi preterpasas ĝin, ties blankegaj, nepalpebrumantaj okuloj kvazaŭ sekvas min; ties ligna kolo preskaŭ turniĝas; sed tio tute ne okazas.

Mi ankaŭ tute ne aŭdas ties akutan, ludeman voĉon diri al mi: "Saluton! Kiel vi fartas?" Ĝi tute silentas. Ĝi maldiras ĉion ajn: ĝi simple pendas tie, en sia malluma angulo, senmova, senparola, senviva. Ĉu ne?

Jam tri jaroj pasis de kiam la bombego eksplodis kaj estas enŝlositaj en mia kelo nur la marioneto kaj mi.

Iompostiome mi ekkomprenas, ke ĝi fakte ne vivas... kaj ke tio ĉagrenas min.

La sciencistino

Marta estis tre lerta sciencistino: ŝi ĉiam scivolis "Kial?", faris malfacilajn demandojn, kaj aprezis la veron pli ol ion ajn alian.

Ŝi starigis laboratorion en la kelo de sia domo por fari sciencajn esplorojn hejme, kaj ŝia edzo Jozefo, kvankam mem ne sciencisto, volonte partoprenis en ŝiaj eksperimentoj kiel kobajo.

Por sia ĵusa eksperimento, ŝi alligis iujn mezurilojn al Jozefo kaj igis lin trinki flavan likvaĵon. "Kio ĝi estas?" li demandis, fintrinkinte ĝin.

"Veneno kiu rapide mortigas malfidelan edzon".

La vizaĝo de Jozefo blankiĝis.

"Fakte, ĝi estas nur kolorigita akvo: sed miaj mezuriloj jam konfirmis ĉion, kion mi bezonis scii..."

En mia tempo ĉio estis pli bona

Maljunulo sidis sur parka benko kaj rigardis ĉirkaŭe. Lia malŝata mieno vidigis, ke li malaprobas ĉion, kion li vidas – des pli la paron de gejunuloj, kiuj sidis apud li, pasie kisante unu la alian.

La junulino rimarkis la gapantan maljunulon: "Kio estas al vi, avĉjo?"

"En mia tempo ĉio estis pli bona! Homoj respektis unuj la aliajn, ne estis krimuloj, najbaro zorgis pri najbaro... Ne kiel nun..."

"Domaĝe, ke vi ne povas reiri al via tempo!"

"Prave," la maljunulo respondis triste, elpoŝigante strangaspektan aparaton, "ĉar mia tempumilo paneis kiam mi alvenis ĉi tiam, kaj nun mi ne povas reveni estontecen!"

La prizonulo

"Ĉu vi jam pretas akcepti vian sorton, ho malfeliĉulo?" demandis la gardisto al la prizonulo.

"Ne: ankoraŭ ne", tiu respondis, jam la trian fojon tiun monaton. La gardisto, atendante tian respondon, silente eltiris sin el la malluma ĉelo kaj refermis la pordon.

Georgo gastis tie de preskaŭ unu monato, la kruron ligitan per peza ferkateno, kiu jam komencis ĝeni lian haŭton. "Kiajn strangajn kutimojn oni havas ĉi-lande!" li miris.

Post semajno, la gardisto revenis kaj restarigis la saman demandon laŭvorte.

Ĉi-foje, la prizonulo devis respondi, laŭ la dejarcenta formulo: "Jes: mi, la reĝido, akceptas la pezan kronon", kaj stariĝis, reĝiĝonta.

La lasta alia mio

Miaj studoj pri teoria fiziko ne nur instruis al mi pri paralelaj universoj, sed ankaŭ lernigis al mi kiel vojaĝi inter ili.

Enirinte mian transdimensian transportilon, mi eliris en universo kiu ŝajnis kiel la mia, sed en kiu mi ne studis fizikon. Mi kaŝe gvatis tiun alian mion, kaj mi enviis ties senzorgan feliĉon. Kial mi estu pli feliĉa en alia dimensio?

Mi do mortigis tiun mion, kaj daŭre vizitis aliajn mondojn por senigi ilin je miaj sozioj.

Nun restas al mi nur unu forigendulo; feliĉe, tiu simple legas mikronovelon.

Faru al mi komplezon: ne moviĝu.

Kaj ne rigardu malantaŭen.

La letero

Mi sidas sur la sablo, plorante, kaj relegas la leteron kiun mi ricevis lastatempe:

Kara Filipo:

Mi ne scias kiel diri ĉi tion alimaniere: mi ne plu amas vin, jam delonge. Mi preferus vivi sola ol pasigi eĉ plian sekundon kun vi. Mi ŝatus havi la kuraĝon diri ĉion ĉi tion al vi vizaĝ-al-vizaĝe, sed mi simple ne povas.

Mi eĉ ne scias kial mi verkas ĉi tiun konfeson: vi ja neniam legos ĝin.

Bondezirojn,
Lena

Mi ne ĉesas legi ĉi tiun leteron de kiam mi hazarde trovis ĝin en botelo: ja mi, sola ĉi-insule, havas nenion alian por fari.

La truo en la muro

Kiam mi estis infano, iun nokton min vekis stranga bruo en mia ĉambro. Mi decidis esplori trueton en la muro, kaj gvatante ene per lupeo mi ekvidis tie tutan komunumon de etaj estaĵoj.

Ju pli mi rigardis, des pli da aferoj mi rimarkis: estis plena socio, kun registaroj, diversaj profesioj, eĉ malsamaj grupoj kiuj batalis inter si.

Por provi pacigi ilin, iun tagon mi laŭtvoĉe anoncis min al ili desupre, kaj donis al ili leĝojn kaj postulis de ili obeemon. Ili timis min kaj adoris min.

"Javeo, venu vespermanĝi!" Panjo vokis min.

Nu, la estaĵoj atendu iomete: mi tuj revenos.

Ludante kun Manjo

Ludante kun mia filino Manjo, mi kaŝis min malantaŭ ĝardena arbo kaj silentis, provante etigi min kiel eble plej multe por resti nerimarkata. Mi aŭdis deforajn vokojn, do mi sciis, ke ŝi alproksimiĝas, sed mi nenion faris por malkovrigi mian kaŝejon.

Lastatempe mi rimarkis, ke Manjo ĉi-aĝe iĝas ĉiam pli koleriĝema kaj senpacienca kun mi. Ĉu eble tial, ke mi transloĝiĝis el la domo? Mi do profitu ĉiun okazon iom amuziĝi kun ŝi.

"Paĉjo, jen vi!" ŝi kriis anhelante kiam ŝi finfine trovis min. "Ne faru tion denove! La flegistoj ne ŝatas kiam vi forkuras sola: vi povus vundiĝi! Venu!"

La gvatanta okulo

De kiam mi povas memori, ĉiam estas grandega okulo ekster mia fenestro, rigardanta min. Mi kompreneble povas ŝovi la kurtenojn flanken kaj malvidigi ĝin, sed mi scias, ke ĝi enrigardas fikse, penetre, ne palpebrumante.

Mi finfine alkutimiĝis al ties ĉeesto: eĉ kiam mi iras eksteren, ĝi ŝvebas vaĉe malantaŭ mi, nevidite de aliuloj. Dum mia tuta vivo mi ne povis eskapi ties nelacigeblan postsekvadon.

Tamen, unu tagon antaŭ nelonge ĝi simple malaperis senaverte. Unue mi sentis min senŝarĝiĝinta, sed poste trafis min timiga penso: kiajn teruraĵojn mi sentos min libera fari nun, kiam mi scias, ke neniu plu gvatas min...?

Ne plu da sufero

Hodiaŭ Marko finfine alfrontos sian ĉikanulon. Jam de semajnoj Viktor, la plej granda knabo en la klaso, insultas kaj mokaĉas Markon dum la libera tempo en la lernejo, kaj atendas lin en la antaŭa korto post la lasta leciono por daŭre turmenti lin fronte al ĉiuj.

Sed ne plu, decidis Marko ĉi-matene, decideme kaj neŝanceleble. Eĉ ne unu plian tagon li toleros ĉi tian situacion, eĉ ne unu plian momenton li permesos, ke ĉi tia sufero daŭru.

Hodiaŭ, dum la tagmanĝa paŭzo, Marko iris rekten al Viktor, brakumis lin amike, kaj diris al li: "Mi bedaŭras, ke via Panjo mortis."

Enaviadile

Mi ĉiam nervoziĝas kiam mi flugas. Mi scias, ke estas nenia kialo timi, ke la aviadilo falu flugmeze; tamen, mi ne povas malhelpi, ke miaj manoj ŝvitu, ke mia koro batu maltrankvile, kaj ke el mia brusto ĝi preskaŭ saltu for.

Mi rigardas la aliajn pasaĝerojn: infanoj krias, patro riproĉas filon, maljunuloj dormas ronke – sed nenian timon mi vidas ĉe ili. Nu, eble ili flugas pli ofte ol mi.

Mi enspiras profunde, kaj sukcesas iomete kvietigi la zorgojn kiuj ronĝas mian cerbon. "Ĉi tiu aviadilo ne falos", mi diras al mi trankvilige. "Ĝi dispeciĝos nur kiam mi aktivigos mian eksplodilon."

Oni ne priridu sorĉistinojn

En mia vilaĝo vivis aro da malsocietemaj virinoj kiuj pasigis la tutan tempon enfermitaj en sia kabano meze de la arbaro. Unu tagon, preterpasante ĝin, mi scivole gvatis enen tra fenestro-breĉon, kaj aŭdis iliajn nekompreneblajn parolojn, misteran volapukaĵon kiu – mi komprenas nun, tro malfrue! – entenis en si potencan magion.

Tiam, tamen, mi ne povis eviti laŭte ridi pro la strangegaj sonoj. Rimarkinte min, unu el la sorĉistinoj fiksis min malicokule, el-kraĉis kroman sensencaĵon, kaj sorĉis min.

Mi kutimis ne kredi je sorĉistinoj, sed la pruvoj estas nun ne-refuteblaj: de tiu tago mi povas paroli nur Volapukon... kaj neniu komprenas min!

Ĥameleone

Mordite de ĥameleono, mi ekhavis la kapablon simili ion ajn, kion mi volas; jen mirinda lerto por nenioma neniulo kiel mi! En la mezlernejo mi ja kutimis pasigi la tutan tagon nevidite, nealparolite, neatentite.

Iun tagon, per mia nova povo mi provis simili la plej popularan atleton: mi iĝis bela, fortika, kaj la kunklasanoj ekŝatis min! Mi poste provis simili la plej inteligentan lernejanon: mi iĝis brava, sukcesa, kaj la instruistoj ekŝatis min!

Alveninte al mia ĉambro, mi rigardis la spegulon, sed ne rekonis kiun mi vidis. Mi provis simili tiun knabon en la spegulo: mi iĝis neniu, kaj malaperis.

Subskribu la petskribon

"Ni savu la arbaron, antaŭ ol estos tro malfrue!" Luĉjo laŭte diskriis de la stratangulo, suprenrigardante petmiene al la vizaĝoj de la preterpasantoj. "Bonvole subskribu la petskribon: ajna subteno helpos iomete!" li aldonis plendvoĉe, provante interesigi (aŭ eble hontigi!) almenaŭ unu afablulon el inter la amaso da memzorgaj rapidantoj.

Sed la plejparto el ili tute lin malatentis, eĉ ne rigardante lin.

Noktiĝis. Luĉjo rigardis sian folion: nur kvin homoj subskribis ĝin hodiaŭ. "Nu", li pensis. "Kvin pliajn animojn de homoj kiuj ne legas tion, kion ili subskribas. Ne malbone!"

Kaj pensinte tion, la Diablo malaperis kaj revenis en la Inferon.

Mia plej ŝatata verko

Mia pentrista ateliero estas neniel prifierinda: ĝi estas ege malordigita, la muroj estas makulitaj per multkoloraj malnovaj farboj, kaj ĝi odoras je polvo. Tamen, meze, sur ligna stablo, troviĝas pentraĵo de bela virino: mia edzino.

Kiam mi pentris ĝin, ŝi estis dudek-kvin-jaraĝa, kaj ŝia vizaĝo disradiis junecon. Ŝi estis sesdek-kvar-jaraĝa kiam ŝi mortis, kaj dumlonge mi ne plu kapablis eĉ rigardi la pentraĵon.

Tamen, iun tagon mi decidis reviziti ĝin, aktualigi ĝin: mi pentris sur ŝian vizaĝon la faltojn kiujn nia feliĉa kuna vivo donis al ŝi; grizigis ŝian hararon; plisaĝigis ŝian rigardon.

Nun ĝi estas mia plej ŝatata verko.

Vortoj venu

La verkisto rigardadis la blankan folion en sia skribmaŝino; ĝi rerigardis lin moke, rikane, incite.

"Kial eĉ ne unu vorto venas?!" li kriis senespere, sola en sia laborĉambro. "Vortoj venu!"

Kvazaŭ magie, vortoj ekaperis sur la folio dum li gapis, mirigite, senmove, nekredeme. Memstare, la papero pleniĝis substance substantive, adekvate adjektive, verve verbe; la frazoj kompletiĝis per pronomoj, korelativoj, prepozicioj, kaj eĉ ne unu akuzativo mankis. Post nelonge, la tutan folion kovris novelo elsorĉita el nenio, elpensita de nenies cerbo, tajpita de neniaj fingroj.

Li teruriĝis, tamen, legante ke ĝi temas pri verkisto kiu neniam plu kapablos verki ion ajn...

En la bunkro

Ni estas ĉi tie, en nia bunkro, de kiam la homaro pereigis sin, post la Lasta Milito. Feliĉe, mia edzo Karlo, lerta inĝeniero, ĉion antaŭvidis kaj bone prepariĝis: li konstruigis ĉi tiun kelon tre profunde, kaj stokis en ĝi akvon kaj amason da provianto. Estas ŝakto kiu enlasas filtritan puran aeron kaj ellasas la karbonan dioksidon.

Vere estas nenio por fari ĉi-sube krom pluvivi sencele. La manĝaĵoj kaj la akvo daŭris jardekojn, sed finfine ankaŭ ili komencis elĉerpiĝi. Lastatempe mi ĉiam matenmanĝas, tagmanĝas kaj vespermanĝas la samon; se Karlo ne jam mortus, mi eĉ ne scias kion mi plu manĝus!

— 51 —

Justeco

Neniu rimarkis la deknaŭjarulinon kiu eniris la policoficejon kaj certpaŝis al la skribotablo de Detektivo Vajt, ŝian mansaketon svinganta malantaŭe.

"Kial vi ankoraŭ ne eltrovis kiu murdis mian patron?" ŝi demandis firme.

Nur tiam la policano ekrimarkis ŝin kaj heziteme diris: "Nu... mi laboras diligente, sed ĉi tiaj kazoj..."

"Mi aŭdis vin diri al alia policano," ŝi interrompis lin, "ke ne indas penegi trovi kiu murdis 'tiun nigrulaĉon', ĉar 'unu malplia ne gravas'."

Vajt ŝokite mutegis.

"Mi certas, ke ĉi tiun murdon viaj kunpolicanoj havos nenian problemon solvi", ŝi deklaris, elprenis braŭningon el sia mansaketo, celis la detektivon, kaj pafis.

En la dezerto

Sabhib meandris tra la dezerto dum multaj tagoj, post kiam subita sabloŝtormo perdigis al li la vojon. Lia akvujo, kiun li uzis dekomence ŝpareme, jam ellikigis sian lastan guton.

Subite, en la forforo li vidis... ĉu subĉielan kafejon, meze de nenie? Li atingis la mirindan manĝejon, kaj sidiĝis. Tuj, ŝike vestita kelnero aliris lin kaj surtabligis manĝaĵon kaj trinkaĵon.

Dummanĝe, Sabhib meditis, kaj demandis: "Kelnero: ĉu vere ĉi tion mi manĝas? Aŭ ĉu temas pri nura halucino?"

"Se la manĝaĵo bongustas, sinjoro, ĉu vere gravas...?"

Oni finfine trovis la kadavron de Sabhib sur duno... kaj lia vizaĝo ankoraŭ montris rideton.

La burgo sieĝita de urso

Kastelbelo estis paca, idilia burgo kies loĝantoj vivis feliĉe – nu, preskaŭ. Ĉar en la apuda arbaro estis grandega, feroca urso kiu atakis la vilaĝanojn kaj manĝis ties brutojn.

Do, la burgestroj vokis ursospertulon por forigi la timigan beston de la ĉirkaŭaĵoj.

"Nu, tio povus esti danĝera por mi kaj multekosta por vi..." avertis la lertulo.

"Ni pagos kiom ajn!" ili promesis.

La spertulo foriris kaj revenis post du tagoj. "Via problemo estas for!" li anoncis, kaj ricevis sian promesitan pagon.

Reveninte hejmen, li diris al sia dorloturso: "Espereble vi jam satmanĝis, kara, ĉar nun ni devos transloĝiĝi al alia vilaĝo!"

La nigrevestita virino

De kiam mi povas memori, mi kapablas vidi la nigrevestitan virinon. Ŝi ĉiam staras tie apudlite kiam mi vekiĝas. Mi instinkte sciis kiu ŝi estas, kaj kio estas ŝia tasko.

De multaj jardekoj, la unua afero, kiun mi faras vekiĝinte estas demandi ŝin: "Ĉu vi venos forpreni min hodiaŭ?" Kaj kiam ŝi kapneas, ridetante, mi elsaltas el la lito kaj ĝuas mian tagon plene, senzorge.

Ĉi-matene, tamen, kiam mi ripetis mian ĉiutagan demandon, ŝi gravmiene kapjesis, ne plu ridetante. Estis mi kiu ridetis, dirante kvietige: "Ne tristu! *Jam temp' está!*"

Mi prenis ŝian malvarman manon, kaj ellitiĝis unu lastan fojon.

La plej vizitata paciento

Federiko estis la plej vizitata paciento en la mensmalsanulejo, kaj lia ĉambro estis ĉiam plena de balonoj, rozbukedoj kaj ĉokoladskataloj.

Kiam lia riĉa patro mortis, ekrondiris la onidiro, ke nur Federiko konas la kaŝejon de la familiaj riĉaĵoj. Kvankam li elbuŝigis nur sensencaĵojn, vizitantoj ĉiam apudis lin por atenti ĉiun lian diraĵon, eventualan indikon por eltrovi la sekreton.

Jam maljunulo, Federiko mortis, ĉirkaŭata de ĉiaspecaj parencoj kaj amikoj, sed la trezorejon liaj balbutaĵoj neniam malkovrigis.

Nur poste oni komprenis, ke temas pri nura truko de lia patro, mensoga elpensaĵo ĉi-cela: "Mia filo ĉiam estos freneza... sed li neniam estos sola!"

En la kinejo

Marta foriris de la laborejo pli frue hodiaŭ kaj elkovis planon iri al la kinejo.

De sia sidloko ŝi rimarkis amparon kiu ame kveris inter si. Sed, je pli proksima rigardo, ŝi rekonis la viron: temis pri ŝia edzo!

Ŝi kolere stariĝis kaj alpaŝis lin: "Kion vi faras? Kiu estas ŝi?!"

La edzo balbutis senkulpigojn, dum lia kunulino insultis lin pro la trompo; ili ambaŭ brue forlasis la ĉambron.

Marta residiĝis, kaj baldaŭ bela viro sidiĝis apud ŝin kaj kisis ŝin sur la vango: "Jen la krevmaizo, kara. Ho, vi apenaŭ povas imagi la kverelon kiu estiĝis en la atendejo!"

La kastelo de Doktoro Malevól

La kastelo de Doktoro Malevól staris pinte de montego, kaj ties ununura aliro estis mallarĝa sinua vojeto.

Kiam la freneza scienculo havis ian nepran bezonon (ĉu novan skalpelon, ĉu freŝajn cerbojn), li forsendis sian laman helpanton, kiu malsupreniris longe kaj pene.

Revene, la doktoro ĉiam ĉikanis lin: "Kial tio postulis tiom, sentaŭgulo? Mi mem povus malsupreniri pli rapide ol vi!"

Iun tagon, post kiam la sciencisto denove akre riproĉis sian fidelan asistanton, tiu falpuŝis la doktoron abismen kaj per sia brakhorloĝo mezuris la tempon antaŭ ol li aŭdis sekan *plat!* malsupre.

"Nur naŭ sekundojn, Mastro! Vi pravis... vi ĉiam pravas!"

Novjaraj promesoj

Jen la delonge priparolita nova jaro estas tuj alvenonta! Nur unu minuto restas ĝis noktomezo, do mi ankoraŭ havas tempon por finpretigi mian liston de novjaraj promesoj.

Unue, mi klopodos ne plu fivortumi, sakri aŭ insulti. Due, mi ne plu fumos aŭ drinkos. Fakte, for al ĉiaj malbonaj kutimoj! Plue, mi estos pli afabla, pacienca kaj ne koleriĝema. Mi senigos min je ĉiuj el miaj havaĵoj cele al vivsimpligo, ekzistante kiel eble plej minimume.

Nu, mi jam vidas en la fajre ruĝa frumatena ĉielo la alproksimiĝantan asteroidon. Mi certas, ke almenaŭ *ĉi-jare* mi plenumos ĉiujn el miaj fekdamnaj novjaraj promesoj!

Pruvo

Kiam Johano alvenis hejmen post la kvinjara milito, lia edzino forte brakumis lin, kaj singultoj de ĝojo plenigis la dometon.

Ilia naŭjara filino, tamen, postrestis, iom kaŝante sin malantaŭ la pordo, kaj duboplene esploris perokule la nun faltozan vizaĝon, la tempiojn kronitajn de arĝento, la magrajn brakojn. "Ĉu vi vere estas Paĉjo...?"

Johano kaŭriĝis kaj alparolis ŝin vizaĝ-al-vizaĝe: "Mi scias, ke mi verŝajne ne plu aspektas kiel la Paĉjo en via memoro. Sed, ĉu vi ankoraŭ ŝatas ŝmalcitan panon? Jen kion mi venigis de la bakisto..."

La knabino prenis la proponitan bongustaĵon, disradiis feliĉan rideton, kaj brakumis sian retrovitan patron.

Avina saĝo

Iun tagon, kiel scivolema okjarulo, mi demandis al mia avino: "Avinjo, kial viaj patkukoj estas ĉiam tiel salaj?"

"Ho, karulo, ĉar kuirante ilin mi elploras en ilin ĉiujn el miaj larmoj, kaj tiel senigas mian animon je tristo."

"Ha..." mi diris. Sed komprenis nenion.

Alian tagon, mi demandis: "Avinjo, kial viaj kuketoj estas tiel amaraj?"

"Ho, karulo, ĉar bakante ilin mi elpremas el mia koro ĉiun elreviĝon, kaj tiel senigas mian animon je amaro."

"Ha..." mi diris. Sed komprenis nenion.

Nun, kiel plenkreskulo, mi ja bone komprenas: Avinjo sekrete havis animon de saĝa poeto.

Sed ĉefe... ŝi tre malbone kuiris!

Tempus fugit

Samkiel hieraŭ, mi estas en la malantaŭa korto, spektante la infanojn ludi. La vintra vento flirtigas mian koltukon, sed ili nenian malvarmon rimarkas en sia senĉesa kurado. Hieraŭ ni tri multe amuziĝis kune, sed hodiaŭ ili simple postkuras unu la alian kaj eĉ ne rimarkas mian ĉeeston: nu, tiel estas ĉe junuloj, mi supozas.

Ĉu ili pligrandiĝis de hieraŭ? Tio kompreneble ne eblas, sed, ĉu ne tia estas la leĝo de la vivo? Infanoj kreskas iompostiome, dum ni male kadukiĝas ĉiun tagon.

Mi ŝatus fari tiel, ke nenio plu ŝanĝiĝu, sed mi ne povas. Mi ja estas nura neĝhomo, fandiĝanta.

La birdotimigilo feliĉis

La birdotimigilo feliĉis.

Ĝi amis la kamparanon kies maizkampon ĝi vaĉis. Li estis fortika, malmolnuka obstinulo kiu, malgraŭ ĉiaj malfacilaĵoj, sukcesigis sian kultivadon.

Desupre, ĝi kontente atestis lian tutan vivon: lian geedzecon; la naskiĝon de liaj infanoj; la maljunaĝon.

Kiam la kamparano mem mortis, oni enterigis lin sub belan kverkon, kie la birdotimigilo ne plu povis vidi sian karulon.

La birdotimigilo tristis.

Post multaj solecaj, mornaj jaroj, ĝi ekdispeciĝis iompostiome. Iun tagon, birdo komencis eltiri pajlon el ĝi por krei neston. Ĝi baldaŭ konstatis, ke la nesto situas super la tombo de ĝia amata kamparano.

Kaj la birdotimigilo denove feliĉis.

La bonvenigo de via Dio

Ho, jen vi! Saluton kaj bonvenon en la postvivo! Mi prezentu min: mi estas via Dio. Ho, kial vi aspektas tiel ŝokite? Certe vi kredis je mia ekzisto vian tutan vivon, ĉu ne? Sendube en tiuj okazoj, kiam vi sentis vin sola, trista, senespera, vi ankaŭ povis senti min tie, tuj apud vi.

Kaj mi ja estis tie la tutan tempon: mi gvatis viajn agojn; mi legis viajn pensojn; mi konis la fundon de via animo. Ne surprizu vin, do, ke mi, via Demono por Individua Observado, tre bone scias, ke vi meritas esti tie ĉi, en la Infero, poreterne...

Gorĝdoloro

"Paĉjo, doloras al mi la gorĝo", plendis mia plej juna filo.

"Ĉu...?" mi respondis iom senzorge (gorĝdoloro ja estas sufiĉe ofta plendo ĉe li).

"Jes... mi ne povas bone gluti..."

Tio ekzorgigis min. "Kion vi manĝis lastatempe?"

"Nenion apartan..." li klare mensogis.

"Ne kaŝu aferojn de mi! Vi scias, ke–"

Tiam, je mia hororo, mi vidis akran metalan pinton eliri el la gorĝo de mia filo, ŝirante ties verdajn skvamojn kaj igante verdan sangon disŝpruci ĉien.

Kolere, mi kriis: "Mi jam diris al vi cent fojojn, Smaŭgeto, ke antaŭ ol gluti kavaliron, vi devas unue rosti ĝin per via fajro!"

La Sukerfabriko

"Mi ne foriros de ĉi tie, sinjoro, ĝis vi montros al mi kiel vi faras viajn dolĉaĵojn!"

La posedanto de la dolĉaĵvendejo La Sukerfabriko mediteme fiksrigardis la knabon, decidmienan dekjarulon surhavantan bereton.

"Vi ja ofte venas ĉi tien kaj verŝajne jam aĉetis ĉiujn el miaj dolĉaĵoj: mi kredas, ke mi povas fari escepton por vi kaj konatigi vin kun kelkaj sekretoj de mia metio. Venu!"

La knabo, ridetante, sekvis la sukeraĵiston en la malantaŭon de la vendejo.

La sekvan semajnon debutis nova dolĉaĵo en La Sukerfabriko: eta ĉokolado je formo de infano surhavanta bereton.

Oni neniam vidis la knabon denove.

Paĉjoj ja havas siajn farendaĵojn

La fantomo de mia sesjaraĝa filo hantas min. Ĝi sieĝas min kien ajn mi iras en la domo, kaj ofte aperas neatendite kaj senaverte. En la soleco de la domo, ties elnenia ekĉeesto estas eĉ pli frapa.

Jen subite mi vidas lin, ekster mia ĉambro, petanta min ludi kun li en la korto (kompreneble mi neis: paĉjoj ja havas siajn farendaĵojn!), aŭ jen li, solece leganta libron al si en sia lito (mi ja estis tro laca tagfine por legi al li).

Foje mi telefonvokas al li, nun mem patro, sed li neniam respondas. Nu, paĉjoj ja havas siajn farendaĵojn.

Ju pli aferoj ŝanĝiĝas...

La arĥeologo kaŭriĝis apud la miljaraĝa trovitaĵo kaj per broso zorge senpolvigis ĝin: iaspecan skribaĵon, kies primitivan, arĥaikan lingvon ŝi feliĉe scipovis. Ĝi priskribis pratempan malsanon kaŭzitan de nevideblaĵo, kiu tamen povis facile infekti proksimulojn. La tiamaj tribestroj kaj saĝuloj konsilis, ke oni prefere restu hejme kaj kovru la vizaĝon per tuko, sed trofieraj herezuloj mokis la saĝulojn kaj agis laŭplaĉe, kaj la plago disvastiĝis tra la lando rapide kaj mortige.

Ŝi elfosis la trovitaĵon kaj reiris al apuda ŝvebveturilo. "Estas interese," ŝi pensis, demetante sian kontraŭvirusan spir-aparaton, "ke ankaŭ hodiaŭ homoj ne timas KOVIM-3019 kaj ne volas surhavi maskon..."

La magia sitelo

Maljuna kamparano alproksimiĝis malrapide al fiŝkaptanta deksepjarulo, apud kiu kuŝis metala sitelo plenplena de fiŝoj.

"K-kiel vi sukcesis kapti tiom da fiŝoj, Joĉjo?" nekredeme demandis la maljunulo. "Mi scias, ke vi ne estas lerta pri fiŝkaptado, aŭ pri io ajn!"

Joĉjo komencis respondi, haltis, kaj rekomencis: "Nu, mi ne mensogu: temas pri magia sitelo, kiu pleniĝas memstare."

La kamparano starigis milojn da demandoj, sed finfine foriris, konvinkita pri la magiaj povoj de la sitelo.

Joĉjo pensis, ridetante: "Estis pli facile konvinki tiun idioton, ke mi havas sorĉitan sitelon, ol estus kredigi al li, ke mi ne plu estas stulta bubaĉo!"

La vila brako

Kiam mi vidis la vilan brakon la unuan fojon, mi pensis, ke mi deliras: ĝi aperis el nenie, prenis mian plej ŝatatan kafotason, tiris ĝin ĝis la muro, kaj ambaŭ malaperis.

Poste malaperis mia plej ŝatata libro, miaj okulvitroj... kaj iun tagon, ĝi venis kaj komencis fortreni mian kriegantan edzinon el sur la sofo, dum mi kaŝiĝis malantaŭe, poltrone, kaj vidis ŝin senspure malaperi.

Hieraŭ ĝi same malaperigis mian filon en mia ĉeesto, dum mi gapis abrahame, timegante, nenifarante.

Nun mi havas nenion, kaj mi atendas, ke ĝi forprenu min.

Sed ĝi ne venas.

Eble ĝi ne taksas min inda.

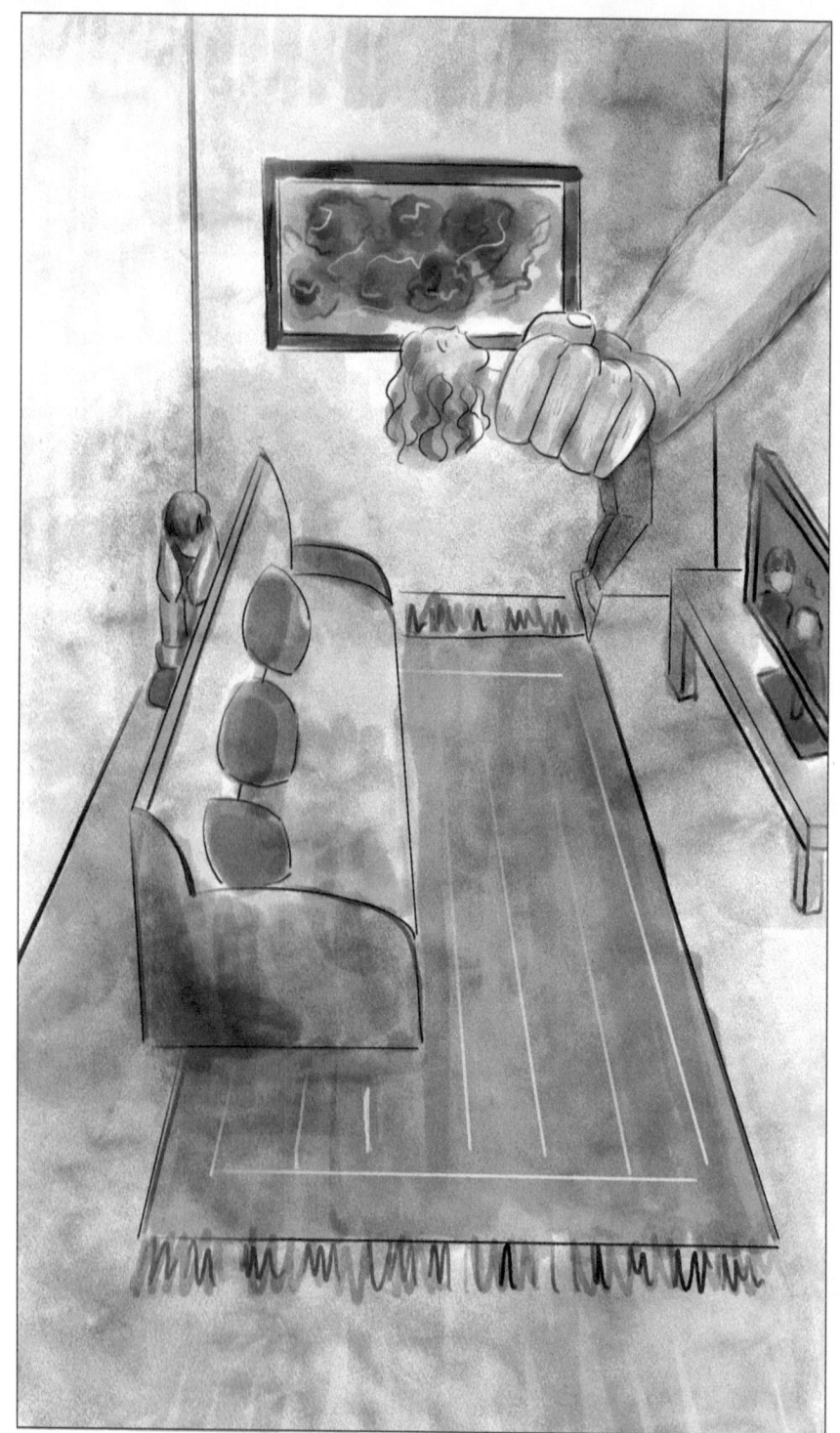

Mi scias kion vi faris

"Mi scias kion vi faris, knabo..." la maljunulo diris al adoleskanto kiu promenis tra la parko.

La deksesjarulo rigardis la alian viron en la vizaĝon, timigite. "K-k-kion vi celas?"

"La fajron en la forlasita magazeno... mi scias, ke estis vi kiu estigis ĝin!"

La junulo daŭrigis sian marŝadon, la kapon turnitan malsupren.

"Vi hontas. Bone: jen la ĝusta reago. Ĉar vi sendube jam aŭdis, ke en tiu incendio mortis tri senhejmuloj kiuj tranoktis tie..." li aldonis minace.

La adoleskanto kaŭriĝis kaj respondis: "Nu, tiuokaze, unu plia murdo ne vere gravos, ĉu?" kaj kiam li leviĝis, li tenis enmane pezan ŝtonon.

Ĝisvivi la estontecon

La kancer-diagnozo de Steĉjo ŝokis lin ĝisfunde: li mortos post nuraj monatoj. Kiel sciencisto li rifuzis akcepti, ke estas problemo kies solvon li ne povus finfine eltrovi.

La penso, ke li ne vidos sian kvarjaran filon kreski spronis lin tuj efektivigi solvon. En sia kelo li kreis tempo-kameron kie la tempofluo simple haltos: li povos do sperti estontecojn kiujn li normale ne ĝisvivus.

Li eniris la tempo-kameron kaj eliris dek jarojn poste. Li supreniris kaj trovis sian filon, nun adoleskanton. Kiam Steĉjo alkuris lin, larm-okule, por brakumi lin, lia filo forkuris timigite: kiu estas tiu nekonata fremdulo en la domo?

La rakontisto

Nia trankvila vilaĝeto vigliĝas nur kiam venas la rakontisto. Ni ĉiuj ekscitiĝas kiam ni ekaŭdas la knaradon de la radoj de lia ĉareto sur la gruza vojo anoncantan lian alvenon. Ni sidas sur la grundo kaj buŝmalferme aŭskultas dum horoj la nekredeblajn rakontojn de tiu mistera blankbarbulo, historiojn pri neimageblaj fantaziaj mondoj plenaj de magio, elpensaĵojn kiuj eltiras nin el la griza ĉiutageco de nia reala vivo.

La rakontisto ĵus foriris; do, jen mi nun, enue batalanta perglave alian fajroelsputantan drakon kiu kidnapis reĝidinon – denove! –, kaj revanta pri la ekscitaj prodaĵoj de *La knabino kiu spektis Netflikson la tutan tagon*.

La paciento

Mia lasta paciento estis malparolema dudekkvinjarulo nomita Marko. Komence de nia unua seanco mi provis sensukcese paroligi lin, elmemigi lin, sed evidente iu ŝarĝo pezas sur li, sur lia konscienco.

"Sciu, ke vi povas diri al mi ion ajn", mi instigis lin kuraĝige post kelkaj minutoj da nerespondemo.

Li silentis obstine.

"Ĉu vi hontas pri io?"

Li kapjesis malrapide, malcerte.

"Se vi priparolos ĝin, eble tio helpos vin senŝarĝiĝi. Ĉu vi pentas pri iu malbonaĵo, kiun vi faris...?"

"Doktoro", li finfine cedis. "Ĉu eblas penti pri malbonaĵo, kiun oni ankoraŭ ne faris...?" li demandis heziteme, fiksrigardante min kaj elpoŝigante trançilon...

Karono ne havas restmonon

Borde de la rivero Stikso, Karono pacience atendis la ĵuse falĉitan animon alvenintan al la subtera mondo.

"Ŝajne via pram-servo estas pagenda, ĉu ne? Nekredeble! Jen", ŝi diris agacite, malvolonte eltunikigante ormoneron.

Karono embarasiĝis. "Nu... sinjorino, tiu estas 25-stela monero, sed la transportado kostas nur 10 stelojn, kaj mi havas neniajn monerojn por redoni al vi..."

"Kio?!" ŝi kriis kolere. "Mi devas pagi por transportado kaj nun mi devas rezigni je mia restmono? Kia fientrepreno estas tiu ĉi? Mi postulas paroli kun via estro!"

La boatisto kvietigis ŝin: "Ne zorgu: tian homon, kiel vi, mi veturigus al Hadeso eĉ senpage!"

La ĥato de la diablo

La antropologo loĝis inter la haŝajoj kelkajn monatojn, kaj ĉiun tagon lernis pli pri iliaj lingvo, kutimoj kaj kredoj.

Tamen, kelkaj aferoj restis por ŝi mistero: ekzemple, ekster la vilaĝo estis senfenestra ĥato kiun neniu rajtas enveni, kies enirejo estis kovrita per dikaj pajlofaskoj. Oni diris al ŝi, ke en ĝi oni enkarcerigis la diablon.

Iun nokton, la scivolemo superis ŝin, kaj ŝi silente piedpintis al la dometo. Kiel eble plej senbrue ŝi formovis la pajlofaskojn kaj eniris.

Estis nenio ene. Tamen, nun ŝi devis demandi sin: ĉu la ĥato estis ĉiam malplena, aŭ ĉu ŝi ĵus liberigis la diablon...?

Meze de nenie

Bela junulo, kiu ĉiam avidis luksan vivon, edzinigis riĉegan maljunulinon. Li ne celis esti longe edziĝinta, do li elkovis planon.

Li proponis longan mielmonaton en ŝia jaĥto, meze de nenie, por esti "kiel eble plej solaj".

Iun vesperon, sur la ferdeko, li alpaŝis ŝin minace. "Jen nia ge-edzeco finiĝos, kara! Tamen, ne zorgu: mi bone ĝuos vian mo-non!"

Nekredeme, ŝi respondis: "Mi certigas al vi, ke vi neniel ĝuos ĝin se vi murdos min nun!"

"Ho, vi kredas, ke mi havas skrupulojn!" Ridante, li puŝis ŝin maren.

Li poste ekkonsciis terurite, ke ŝi surhavas la ŝlosilon por ekigi la jaĥton.

La interpretisto kaj la proparolanto

La vizitanta reĝo kaj ties akompanantoj eniris la luksan tron-ĉambron, buŝmalferme admirante la statuojn el jado kiuj spalire flankis la longan ruĝan tapiŝon.

Kiam ili alproksimiĝis al la trono kaj ties okupanto, la kortuma interpretisto paŝis antaŭen kaj laŭte deklaris: "Lia Imperiestra Moŝto, Pu Huan Xi, bonvenigas vin!"

La proparolanto de la vizitanta reĝo salutis la Imperiestron lianome, kaj li kaj la imperiestra interpretisto laŭvice peris la intertraktadon de ambaŭ regantoj.

Fine de la tago, la proparolanto demandis al la interpretisto mallaŭte: "Ĉu vi vere tradukis laŭvorte ĉion, kion mi diris?"

"Tute ne! Tial nia lando havas pacon de jardekoj!"

Venĝo

Hodiaŭ, mi decidis, mi realigos mian venĝon.

En mia malriĉa najbaraĵo, ĉiuj mokis min ĉar mi estis malgranda kaj malforta. Estis aparte du granduloj, Peĉjo kaj Simĉjo, kiuj ĉiutage inferigis mian vivon perfortante min vorte kaj fizike.

Post kelkaj jaroj ni transloĝiĝis el tiu najbaraĵo, kaj mi eskapis ĉion tion. Mi kreskis alta kaj fortika; mi korpekzerciĝis; mi eĉ eklernis uzi pafilojn.

Do, hodiaŭ mi reiris al mia iama najbaraĵo por trovi Peĉjon kaj Simĉjon. Ili vegetis sur sia perono, nenifarante laŭ sia kutima, sencela maniero.

Mi revenis hejmen: la vivo faris al ili pli ol mia armilo iam povus.

Mi ne estas freneza

Antaŭ ĉio, mi certigu al vi, ke mi ne estas freneza, malkiel la ceteraj homoj en ĉi tiu malsanulejo, kvankam kompreneble neniu el ili konfesus esti freneza, des malpli doktoro Sanrio, kiu malamas tiun vorton kaj malpermesis ĝin dum niaj grupaj sesioj, dum kiuj mi kaj la frenezu- - pardonon, la aliaj pacientoj - diskutas niajn problemojn kaj ĉion, kio estas en nia kapo, kio almenaŭ ĉe mi ne estas multo, ĉar kiel mi jam diris mi havas nenian mensan problemon, kaj se vi ne kredas min, simple demandu al la drako kiu gvatas malsate ekster mia ĉambro, atendante manĝi min tuta.

Bado Sankt-Miĉel'

Bado Sankt-Miĉel' estas banloko fama pro sia varma fonto, paca ripozejo kie gastoj rajtas baniĝi kaj mergiĝi en la kvieto de la ĉirkaŭaĵoj.

Tial, iu riĉa gastino tre ĝeniĝis kiam ŝian banadon ĝenis laŭta trilado: "Tritritri! Tritritri! Tritritri!"

Ŝi ne povis mediti trankvile pro la senĉesa bruo. Kolere, ŝi eliris el la akvo kaj provis trovi la fonton de la sono, alproksimiĝante al profunda, malhela truo kelkajn metrojn for de la enirejo de la banejo.

Ŝi metis la kapon en la truon, kaj io kaptis ŝin kaj englutis ŝin tuta.

El la truo nun elvenis laŭta kvakado: "Kvarkvarkvar! Kvarkvarkvar! Kvarkvarkvar!"

Mia superpovo

La registaro ĉiam pli akre persekutas tiujn el ni, kiuj havas superpovojn. Ĝi memevidente ne komprenas nin, kaj eĉ pli grave, ĝi timas nin. Ĝi havas ĉe sia flanko la armeon, kompreneble, sed kion faru pafiloj kaj ĉiaspecaj eksplodiloj kontraŭ la ebloj flugi, malaperi kaj reaperi ie ajn, aŭ eĉ haltigi la tempon?

Malgraŭ miaj klopodoj resti anonima, trupo de agentoj finfine trovis min kaj ĉirkaŭis min, celante al mi per siaj atomaj diserigiloj.

"Haltu! Mia superpovo estas esti la Ĉefrolulo", mi avertis ilin, kaŝe rigardante vin legantan. Baldaŭ pafote, mi avertis: "Se vi malaperigos min, la tuta rakonto finiĝ–"

La hundido de Kanjo

Post nur du tagoj estos mia naskiĝtago, kaj mi apenaŭ povas atendi, ĉar miaj gepatroj jam promesis al mi, ke ili donacos al mi mian propran hundidon, kiun mi delonge volis havi sed neniam povis ĉar miaj gepatroj neniam diras al mi "Ne", sed "Ni vidos" (kio kutime ja signifas "Ne"!), sed post nelonge ŝi (aŭ li, eble!) alvenos, kaj mi ne scias ĉu ŝia felo estos bruna aŭ blanka, sed al mi tute ne gravas, ĉar mi ne devos dividi ŝin kun iu ajn, kio bonas, ĉar de kiam komenciĝis la milito mankas viando kaj mi estas tiel malsata...!

El ombro

Estas io malantaŭ mi... io farita el ombro. Se mi rapide flan-
kenturnas la kapon, mi videtas ĝin, okulrande: malhelan, sen-
trajtan, homecan figuron. Kiam mi rigardas min en spegulo, mi
vidas nenion tie; sed se mi mallumigas la ĉambron, tiam mi
povas iomete distingi ĝin: pli densan formon el nigro, starantan
tuj post mi.

Ĝi ne faras ajnan sonon; ĝi havas nenian odoron; mi ne povas
tuŝi ĝin. Tamen, mi foje klare sentas ĝin tie, kvazaŭ malvarma
nebulo dumsekunde tanĝus mian haŭton kaj poste disipiĝus
senspure.

Ŝi kaj mi ĵuris, ke ni ĉiam estos kune... sed ne ĉi tion mi imagis.

Perdita kajto

Leo pasigis la sesdekkelkajn jarojn de sia vivo en la sama domo en kiu li naskiĝis. Li kredis jam koni ĉiun najbaraĵan infanon: tial li surpriziĝis vidi nekonatan knabon flugigantan kajton laŭ la strato.

"Sinjoro!" tiu vokis al li. "Mia kajto enplektiĝis en tiu arbo. Ĉu vi bonvolus helpi min malsuprenigi ĝin?"

"Jes, certe!" Leo delikate tiris la ŝnuron kaj iom post iom eligis la kajton el la arbo. "Ho, mi memoras esti havinta similaspektan kajton kiam mi estis juna!" li diris ridetante, kaj turniĝis por redoni ĝin al la knabo, sed trovis tie nur senhoman straton plenan de memoroj.

En piĵamo

"Panjo, ĉu vi povas denove rakonti al ni, kiel nia familio konstruis ĉi tiun kastelon?" Du lumaj, esperplenaj vizaĝoj rigardadis petege rekte en la okulojn de la patrino.

"Nu..." ŝi respondis. "Pro tio, ke vi tiel rapide surmetis vian piĵamon kaj enlitiĝis senproteste, mi supozas, ke jes..."

La geknaboj hurais feliĉe, kaj la patrino rakontis al ili la jam konatan historion pri kiel ilia nobeldevena avo Henriko konstruigis ilian luksan kastelon el belegaj ŝtonoj el forfora Kimrujo.

Feliĉiginte siajn infanojn, la patrino malŝaltis la lumon kaj eliris el la eta dormoĉambro en la mizeran, malvarman alian ĉambron de ilia domaĉo.

La Granda Dimitri

Dum jardekoj La Granda Dimitri ŝokis la spektantojn per siaj lertaj artifikoj: li mirigis plenkreskulojn per ŝajne neeblaj malaperigoj kaj li senspirigis infanojn per la plej simplaj ruzaĵoj.

Tamen, lastatempe la ĉeestantoj iĝis pli kaj pli cinikaj: jen ili kriis: "Li havas la karton kaŝita en sia maniko!"; jen ili mokis: "Ĉu ne temas pri la sama truko kiel pasintmonate?"

La maljuna prestidigitisto ne eltenis plu: kion fari, se la nuntempaj spektantaroj postulas ĉiam pli mirigajn artifikojn?

Do, unu tagon li surscenejiĝis, salutis la ĉeestantojn, kaj uzis siajn faktajn magiajn povojn por malaperigi ilin ĉiujn.

Tiun tagon neniu mokis lin.

La ritaro

Mi alvenas akurate je la tria posttagmeze, kiel kutime, kaj eniras la malsanulejon laŭ la ĉefa pordo. La deĵoranta flegistino en la gastejo salutas min kapkline kaj simple diras: "Ŝi estas nun en la televidsalono." Mi dankas ŝin pro la informo kaj turniĝas dekstren, jam sciante la vojon parkere.

"Saluton, Panjo", mi diras al la maljunulino kiu sidas senmove en fotelo, gape rigardante la grandan televidilon. Mi sidiĝas apud ŝin, kaj komencas nian ĉiusemajnan ritaron: ruĝe laki ŝiajn ungojn.

Mi ne povas igi mian patrinon ne esti mortanta pro kancero, sed mi ja povas igi ŝin kiel eble plej bela.

La Skatolo de L' Ambeno

En eta brokantejo mi finfine trovis la mitan Skatolon de L' Ambeno, onidire kapablan legi onian animon kaj konsenti al oni tian benon, kian oni meritas. Ekscitite, mi alvenis hejmen kaj pristudis la lignan ujon. Mi premis smeraldon je la pinto, kaj slipo eliris, kiu tekstis: "beno via jenas: vi vivos eterne."

Komence mi ĝuis: vojaĝis, amoris kaj faris ion ajn, kion mi antaŭe timis fari. Tamen, post jardekoj, ĉio ekenuigis min. La certeco pri la morgaŭo sensukigis la hodiaŭon.

Mi retrovis la slipon kaj, relegante la mesaĝon deproksime, mi ekkonsciis, ke je la komenco apenaŭ legeblis la literoj "Mal"...

Diplomiĝinta sorĉisto

"Ĉu vere vi studis por iĝi sorĉisto en universitato?!" demandis Gario al Matildo nekredeme.

"Certe!" konfirmis Matildo.

Ili estis en granda halo, kune kun pli ol cent samaĝuloj, festante la dekjaran jubileon post sia diplomiĝo de gimnazio.

"Kaj ĉu vi estas malica sorĉisto?" Gario demandis kun petola rideto.

"Nu, ne la sorĉisto malicas, sed ties agoj..."

"En ordo. Nu, montru viajn magiajn povojn! Kiajn mirindajn aferojn vi kapablas fari? Ekzemple: ĉu vi povus venigi min al la gimnazia epoko? Temis ja pri belegaj vivojaroj..."

"Certe!" Matildo malsuprentiris la pantalonon de Gario, vidigante ties kalsonon, je kio ĉiuj ĉeestantoj ekridis moke.

Ame

Marko kutimis verki amleterojn al sia fiancĉino Klara. Eĉ post kiam ili geedziĝis, ĉiujare por Sankta Valenteno li verkis al ŝi amleteron kaj sendis ĝin perpoŝte, nur por ke ŝi havu la sperton ricevi ĝin.

Kiam Klara mortis, la vivoĝojo forlasis Markon, sed ne lia amo por ŝi. Dum jardekoj, fidele, li daŭre enpoŝtigis simplan amleteron al sia edzino: "Klara: Vi ankoraŭ estas mia ĉio. Ame, Marko".

Iun jaron, la poŝtisto trovis Markon mortinta apud sia poŝtkesto. Li rimarkis, ke Marko tenis en la mano poŝtkarton kiu, per belaj manskribitaj literoj, tekstis jene: "Marko: Mi atendas vin: venu. Ame, Klara".

Murdo(n)ta

Por efektivigi sukcesan murdon, oni bezonas tri aferojn: murdonton, armilon kaj murdoton; ĝuste nun al Matĉjo mankas unu el tiuj.

"Ne valoras la penon kaŝi vin", lud-minace vokis Matĉjo ekde la teretaĝo de la malluma, silenta domo. "Mi finfine trovos vin, kaj mi jam decidis tion, kio okazos ĉi-vespere."

Matĉjo supreniris la ŝtuparon, la manojn malantaŭ la dorso. "Kie vi estas?" li demandis kantete. Atinginte la supron, li malfermis pordon kaj eniris la banĉambron.

"Jen vi!" li kriis kontentmiene, vidinte la pafilon, kiun li forgesis sur la lavpelvo, kaj tiam li prenis la armilon, celis al sia kapo, kaj pafis.

La tempovojaĝanto

"Saluton, sinjoro! Mi vizitas vin de la forfora estonteco!" diris la futurece vestita tempovojaĝanto al la bibliotekisto, kiu sidis ĉe sia skribotablo.

"Ĉu?" tiu demandis seninterese, ĉar lian laborejon vizitadas ĉia strangulo kiu envenas el la strato.

"Kiajn mirindaĵojn vi havas en ĉi tiu ejo! Mi vidas vicojn kaj vicojn da grandaj inkunabloj, bretarojn plenajn de la plej dikaj palimpsestoj! Kiel oni nomas ĉi tiun ejon?"

"Publika biblioteko, sinjoro. Ĉu oni disponigas libro-kolektojn malsame en la tempo-periodo el kiu vi venas?"

"Ĉion ni faros malsame post dudek jaroj, mi supozas!" la estontulo respondis. "Mi havas demandon, tamen: kio estas 'libro'...?"

Vortoj ne mortigas

Oni taksis la film-kritikiston Marko Alue "ĉikanema", "senkompata", kaj eĉ "malica". Li certe ne taksis sin tia, sed ja "aglookula", "postulema" kaj, super ĉio, "honesta". Ne estas lia problemo, se li devas ĉiam rimarkigi memevidentajn erarojn en la recenzataj filmoj: se ili estus pli bone faritaj, li trovus malpli da kritikendaĵoj. Ajnokaze, vortoj ne mortigas.

Li surpriziĝis kiam reĝisoro de lastatempe akre kritikita filmo furioze eniris lian oficejon, energie postulante, ke Marko publike malkonfesu sian kondamnon, kiu perdigis al lia filmo monon kaj al li lian reputacion.

Necedeme neinte, Marko subite malkovris, ke kvankam vortoj ne mortigas, pafiloj jes ja.

Sonorileto

Sonorileto estis ĉarma, brunokula bovineto, la plej bela en sia bieno. Kiam ŝi paŝetis kokete tra la stalo, ŝia sonorilo tintis plaĉe, feliĉigante la vivon de ŝiaj sambienanoj. Ŝi rajtis fari kion ajn ŝi volas, krom eliri el la stalo senpermese.

Iun tagon, petola ĝardenmuseto instigis ŝin eskapi por vidi, ĉu ŝi estas la plej bela en la tuta kamparo.

Finfine, ŝi decidis vantec-spronite kaŝe ŝteliri al apuda bieno. Kiam la tieaj laborantoj vidis ŝin promenanta, ili metis ŝin en malluman, malvarman garbejon, kaj forprenis ŝian sonorilon.

Sonorileto neniam eksciis, ĉu ŝi estas la plej bela en la tuta kamparo.

Preskaŭa senlimeco

Mi malkovris mian preskaŭan senlimecon hieraŭ, kiam dum korbopilkado kun amikoj mi ne maltrafis ajnan ĵeton. Tio neniam okazis al mi antaŭe! Kompreneble mi kaj miaj samteamanoj feliĉis pro la neatendita bonŝanco, kaj ne tro ekzamenis la aferon.

Tamen, eĉ poste, tiu ŝajne tute hazarda fortuno daŭris la tutan tagon. Mi eniris kafejon, kaj jam preta kafo atendis min laŭnome; mi iris al trinkejo, kaj ĉiu trinkaĵo estis senpage liverita al mi; sume, ĉio, kion mi provis fari, prosperis al mi senpene.

Fine, por streĉi miajn kapablojn, mi decidis eklerni Volapukon.

Kaj jen mi trovis la finon de mia senlimeco.

Ĉiea voĉo

Mi ne memoras ekzakte kiam la muroj de mia domo komencis flustri al mi. Nu, por diri la veron, mi ne scias ĉu vere estas la muroj kiuj parolas al mi, sed mi certe aŭdas ies voĉon en la domo, nokte, tage, ĉiam ajn.

Foje, la parolanto furiozas kolere, laŭte, fivorte; foje ĝi petegas milde, kviete, tremvoĉe; foje vere ne temas pri faktaj vortoj, sed pri mallaŭta plorado, animskua tristo kiu ŝajnas voli trapenetri mian koron.

Mi estas devigata konsideri la fakton, ke mi simple ekfreneziĝis la tagon kiam mi entombigis mian malfidelan edzon en la murojn de la kelo.

Speciala

Mi neniam taksis min speciala, sed ĉiujn en mia familio, jes ja! (Kaj mi ne celas "speciala" en tiu ĝendolĉa maniero kiun ĉiu instruisto uzas priparolante siajn lernantojn, eĉ la plej stultajn.)

Ne: mi celas, ke Paĉjo povas levi eĉ aŭtojn per sia nekredebla forto; ke Panjo kuras fulmrapide, preskaŭ nevideble al la homa okulo; ke mia frato povas ŝvebi en la aero kaj flugi, malpeza kiel plumo.

Nu, mi lastatempe malkovris, ke mi kapablas komprenigi miajn pensojn al homoj kiujn mi neniam vidis, kiuj estas kilometrojn for, kiuj eĉ ne konas min – kiel mi cetere estas faranta ĝuste nun!

La orkestrestro

La orkestrestro sur la scenejo levis sian bastoneton kaj ĉiuj silentiĝis. Ĉies okuloj direktiĝis al la fama dirigento; nenia bruo aŭdiĝis en la malluma ĉambro kaj, kvankam la sesdekjarulo ne povis vidi malantaŭ si, li sentis kiel la spektantaro retenis la spiradon por pli bone aŭdi la komponaĵon. Li direktis sian orkestron brile, vive, verve – kiel ĉiam – kaj, kiam la muzikaĵo finiĝis, li turnis sin por ricevi la aplaŭdon de sia ravita aŭskultantaro.

Sed, efektive, ĉiuj en la noktoklubo senzorge daŭrigis sian konversacion: homoj venis ĉi tien por drinki kaj amindumi, ne por atenti fonbruan orkestron aŭ ties eluzitan dirigenton.

Rapidmanĝa defio

Du deksesjaruloj fiksrigardis unu la alian, ĉiu de sia flanko de la manĝeja tablo. Aliaj gimnazianoj ĉirkaŭstaris, spektante la defion.

La du knaboj komencis rapidege vori la manĝaĵojn el siaj respektivaj pletoj: la perdinto pagos la aliulan tagmanĝon.

Marko, la pli maldika, triumfis, kaj Benĉjo, fortika sportisto, pagis sian ŝuldon kaj petis revanĉon la sekvan semajnon.

"Kiel vi daŭre perdas, Benĉjo?" poste demandis al li amiko. "Mi vidis vin voregi pli da manĝaĵoj ol ĉi tiom, pli rapide!"

La grandegulo ridetis konspire: "Mi scias, ke Marko ofte ne havas monon por manĝi, kaj neniel akceptus helpon... sed jes ja premion."

La kapitano

Jozefo atente rigardis la mapon dum la freŝa mara aero flirtigis liajn harojn. Estis lia respondeco, kiel kapitano, igi liajn subulojn lerte direkti la ŝipon por eviti ĉian danĝeron.

La aliaj maristoj, tamen, kaŝe primokis liajn multajn admonojn, taksante ilin nuraj stultaj superstiĉoj: oni restu for de maraj serpentegoj; oni ne forvelu ĉe ruĝaj mateniĝoj; oni ŝtopu la orelojn por ne aŭskulti sirenan delogkanton.

Iun vesperon, granda torporo suprenvenis lin, kaj li endormiĝis, map-en-mane, kaj dum horoj malatentis la gvidadon de la ŝipo.

La maristoj ne tiom ridis, finfine, kiam ilia ŝipo komencis malsuprenfali laŭ la rando de la mondo.

La kaptilo

Delonge mi aŭdas bruetojn en la kelo de mia domo, nokte. Tamen, kiam mi malsupreniras, poŝlampo-en-mane, ili silentiĝas. Ne gravas, ĉu mi provas malsuprenpaŝi la ŝtupojn kiel eble plej silente: tuj kiam mi alvenas, la sonoj ĉesas.

Ĉi-vespere, tamen, mi finfine malkovros la fonton de la frenezigaj bruetoj: fruposttagmeze mi envenis la kelon, kaŝiĝis en malhela angulo, kaj ŝlosis la pordon. Kio ajn invadis la domon baldaŭ falos en kaptilon!

Subite, mi ekaŭdas plilaŭtiĝantajn paŝetojn, kaj ekrimarkas kun teruro milojn da ratoj kiuj fulmrapide elvenas el la muroj, kaj amoke verŝiĝas sur min, faligas min, kaj superfortas min morde, murde.

Atendante ekster la dancejo

La aŭto ekster la dancejo atendis dum horoj. De ekstere ne videblis kiu enas, pro la malhelaj glacoj. Antaŭ duonhoro ekpluvis kaj la glacoviŝiloj ŝaltiĝis: la gvatanto volis havi klaran vidon eksteren.

La reklamŝildo super la enirejo de la dancejo promesis, per blinkantaj lampetoj, lokon por amuziĝi, kie zorgoj forgesiĝis kaj la vivo gajas.

Je la dua matene, horon post kiam la ejo fermiĝis kaj elvomis sian ebrian klientaron, la dancistinoj komencis eliri.

Unu el ili alpaŝis la aŭton kaj malfermis la pordon. "Peĉjo!" ŝi riproĉis la dekjarulon ene. "Mi jam diris al vi, ke ne indas zorgi pri Panjo..."

La ena voĉo

Jes, estas mi denove: la sendia diableto kiu sur via ŝultro inside siblas despote, la ĥoro kiu eĥiĝas ĥaose en via cerbo, la ĉiama ĉanto en la ĉambro, la ĝena ĝino en via ĝardeno. Vi ne povas eskapi min: mi alas, mi ĉeas, mi enas. Mi gvidas gvate; mi vivas verve; mi scintiligas vian scivolon.

Vi prave provos prifajfi min, sed vi ne povos; vi klere klopodos klabi min, sed vi ne kapablos. Vi streĉe strebos strangoli min; vi persiste penos pereigi min; vi vere volos venenigi min... sed via finiŝo fiaskos finfine, fia filistra fileto.

Mi ja estas vi.

Ĵaluzo

De la ĝardeno, tra vitra pordo de la domo, Peĉjo kaŝe gvatis ŝin – nu, *ilin,* ĉar Elinjo ne estis sola. "Kiu estas tiu ulo?" scivolis Peĉjo.

Peĉjo kaj Elinjo estis kune jam de kvin jaroj. La rilato ne estis perfekta: kelkfoje ŝi eĉ forpelis lin el la domo. Tamen, ili kutime repaciĝas, kaj ŝi finfine reenlasas lin en sian vivon kaj en sian liton.

Sed nun, vidante ŝin kun aliulo, Peĉjo freneziĝis. "Vi estas mia!" li hurlis de ekstere. "Kial vi perfidas min?! Neniu amas vin kiel mi!"

Tamen, ene de la domo, Elinjo ignoris la laŭtan bojadon de Peĉjo.

Ĉio vendatas

Translokiĝonte al universitato, mi serĉis en la subtegmentejo de miaj gepatroj miajn malnovajn aĵojn, por vendi ilin kaj enspezi iom da mono.

Mi malsuprenvenigis multajn plenplenajn skatolojn, kaj baldaŭ la antaŭan razenon kovris ĉiuj el miaj infanaĝaj havaĵoj. Mi starigis jenan reklamŝildon: "ĈIO VENDATAS; DEMANDU PRI PREZOJ".

Interesitoj scivolis kontraŭ kiom mi vendus Sinjoron Lipharoj, mian unuan pluŝbeston; mian videokasedon de la filmo *Stelaj Militoj*, kiu spronis mian amon por scienc-fikcio; aŭ la komiksojn per kiuj mi lernis la anglan kiel infano.

Mi neis ĉiun peton, repakis la tuton kaj endomigis la skatolojn: mia infaneco ne vendatas, kontraŭ ajna prezo.

Kutimo

"Ho, la trajno de la deka! *Jam temp' está!*" pensis Franĉjo, rigardante la horloĝon kiu pendis de la muro de lia ligna budeto. Li serĉis en metala kesto apud la pordo kaj eltiris el ĝi du etajn verdajn flagojn. Li marŝis apud la relojn kaj staris tie statue, la brakojn rekte antaŭen, por ke la konduktoro de la vagonaro sciu, vidinte lian signalon, ke la vojo estas libera. Franĉjo de jardekoj faras la saman laboron: nur li, sola, en la dometo kie li kaj dejoras kaj loĝas.

Ne gravas, ke de jaroj neniu trajno plu uzas tiujn kadukajn, herbokovritajn relojn.

La postsekvanta oldulino

Kiam ŝi estis knabino, Klara decidis, ke ŝi neniam oldiĝos. Ŝi faros ĉion bezonatan por malhelpi sian maljuniĝon: ŝi ĉiam vestos sin plejeble moderne, kolorigos sian hararon plejeble nigre, kaj ŝminkos sin plejeble ŝike.

Sed la maljuna virino kiu persiste kaj senkompate postsekvis ŝin estis pli ruza ol ŝi, kaj ĉiam trovis ŝin, kiu ajn ŝi provis iĝi, kion ajn ŝi faris, kiel ajn ŝi provis kaŝi sin. Ĉiu viva zorgo, ĉiu malĝojo, ĉiu seniluziiĝo, venigis la oldulinon pli proksimen, lante sed nehaltigeble.

Iun tagon, finfine, kiam Klara rigardis en la spegulo, ŝi ne plu povis vidi sin, sed *ŝin*...

Manjo, Saŝa kaj Paĉjo

Mi dividas la amon de mia sesjara filino Manjo kun ties pupo Saŝa – kaj, se paroli honeste, ĝia amporcio ege superas la mian.

Manjo kaj Saŝa estas nedisigeblaj: ŝi parolas kun ĝi flustre, sekrete, enŝlosiĝante en sia ĉambro dum horoj kun nur ĝi, apenaŭ alparolante min dum vespermanĝoj.

Unu tagon, Manjo, trista, venis al mi sen-Saŝe, volante knufli kun mi sur la sofo.

Do al Saŝa vi ne turnas vin por brakumoj, ĉu? mi pensis kun amuzo, kaj, kvazaŭ legante mian menson, Manjo diris: "Mi provis igi Saŝan brakumi min... sed ŝiaj brakoj ne estas tiel longaj kiel la viaj."

La tempo-butiko

Mario alvenis al la luksa tempo-butiko akurate je la 9-a matene, kiam ĝi malfermiĝis. Riĉaj virinoj kiel ŝi ne perdu tempon! Kaj ĝuste pri tio temis tempo-butikoj: ties klientoj rajtas eniri, butikumi longajn horojn laŭplaĉe, dum en la ekstera mondo nur kelkaj minutoj pasis.

"La tempo-paso estas por povruloj!" kutimis diri Mario mokride al siaj amikinoj, kiuj ne havis la rimedojn por tiaj tempoŝparaj vendejoj. Mario do ofte havigis al si novajn vestaĵojn, dum la aliaj tralaboris la tutan tagon.

Iam, tamen, la spegulo prezentis la kalkulon al Mario: kvankam ŝike vestita... ŝi aspektis jarojn pli maljune ol ŝiaj amikinoj.

Luma hundo

Mia hundo Luĉjo estis farita el lumo. Tio estis kaj konvena kaj nekonvena: tage li estis preskaŭ nevidebla, kio malfaciligis ludadon (kiel ĵeti pilkon al hundo, kiun oni ne vidas?); sed nokte estis tre konvene havi ĉarman, ludeman lampeton kurantan apude, lumigantan la vojon.

Iun tagon, Luĉjo kaj mi ludis en herbejo; kvankam mi ne povis vidi lin, ne eblis ne senti lin salti sur min, sterni min sur la herbon, kaj leki mian vizaĝon! Subite, la suno eklipsiĝis, kaj kiam ĝi revenis, Luĉjo malaperis porĉiame.

Panjo proponis alian hundon al mi: sed kiel mi iam kontentiĝus per neluma hundo...?

Distanco

La mezaĝulo trenis tra la flughaveno valizon kiu aspektis tute nova kaj sendifekta – malkiel liaj vestaĵoj, ĉifitaj kaj senzorge surmetitaj. Li marŝis malrapide, malvolonte, kvazaŭ li vere preferus ne esti tie.

Verdire, lia estro ordonis al la trolaboremulo ferii, ripozi, kaj fari ion ajn krom dejori dek du horojn ĉiutage. Sed li volis iri nenien ajn: kiam li ne estis en la laborejo, li scivolis kio okazas tie.

Subite, li haltis, turniĝis, kaj pli certpaŝe reiris tien, de kie li venis.

Vidinte tion, la pordisto de la fluglinio pensis: "Nu, almenaŭ ĉi-foje li venis pli proksimen ol la pasintajn fojojn..."

Adelajdo, arbiĝinte

Adelajdo ne ĉiam estis arbo, kompreneble: iam ŝi estis bonhava sinjorino. Iam, anstataŭ kreskigi radikojn profunden en la teron, ŝi lerte mastrumis sian familian bienon. Nun ŝi burĝonigas ĉiuprintempe verdajn foliojn, sed kiel homo ŝi estigis nur unu idon: sian karan filinon Amanda.

Jam maljunaĝe, Adelajdo mortis post longa malsano. Amanda disĵetis ŝiajn cindrojn en la malantaŭa korto, kie nun kreskas alta, foliriĉa ulmo. La fortika arbo viglas super la familia bieno, kaj ties dikaj branĉoj balanciĝas tien-reen kiam la genepoj svingiĝas per ili.

Eĉ arbiĝinte, Adelajdo neniam forgesis la solenan promeson faritan al Amanda: ke ŝi restos apude porĉiame.

Hotelo Ĉokolado

Mi legis en la gazetaro pri nova, kurioza hotelo, kaj volante sperti ĝin propraokule, mi kaj mia edzino rezervis ĉambron.

"Bonvenon en Hotelo Ĉokolado, gesinjoroj!" entuziasme bonvenigis nin la ĉefpordisto kiam ni eniris la vestiblon. "Ĉi tie, ĉio manĝeblas!" Ni tuj konstatis mem, ke la onidiroj ne troigas: ĉio ja estas farita el bongustega ĉokolado!

Tiun nokton ni ekkuŝis en nia ĉokolada lito, kaj tuj endormiĝis. Tamen, noktomeze ni vekiĝis kaj konstatis, ke iu ligis nin al la matraco!

Ni rimarkis hororplene, ke la pordisto kanibale ronĝis niajn piedojn. Li diris ridetante: "Mi ja diris, ke ĉi tie manĝeblas *ĉio*..."

La formo en la foro

La formo en la koridoro ŝvebis tie, senmove, silente. Ĝi postulis nenion de Mario, kiu time rigardadis ĝin, senspire. Ĝi ne kriis, persekutis, aŭ alproksimiĝis minace. Ĝi simple restis tie en la foro, nebula, malhela, malklara.

Mario tamen panikiĝis, kiam ŝi vidis la strangan aperaĵon en sia domo: dum siaj sepdek jaroj da vivo ŝi neniam vidis similaĵon. El kie ĝi venis? Kion ĝi volas? Kion ĝi faros? Ĉu ĝi volas perforti ŝin? Ŝia koro ne eltenis la timegon, kaj ŝi falis surplanken, mortinta.

Kiam ŝi rekonsciiĝis, ŝi estis denove en tiu koridoro, sed en la foro, ŝvebante senmove, silente...

Bonkondutu

"Bonkondutu!" la mastro kriis al sia hundo, kaj piedbatis ĝin pune. "Mi ne ŝatas kiam vi petas manĝaĵojn!"

La vundita hundo lamis triste al sia angulo de la eta ligna domaĉo.

"Kial mi ankoraŭ vivtenas tian senutilan bestaĉon...?" grumblis la mastro, formanĝante la viandopecon kiun la hundo estis petinta.

Poste, la mastro, sekvite de la besto, eliris el la domaĉo por envenigi iom da ligno, prepare al la nokto. Subite, li aŭdis proksiman hojladon, kaj konstatis esti ĉirkaŭita de lupoj.

"Ataku ilin!" li ordonis al la hundo, sed tiu aliĝis al la flanko de sia prafrataro.

La mastro devintus bonkonduti...

Interfrukta diskutado

La fruktoj simple ne povis decidiĝi kiu el ili estas la plej bongusta. Pomo, Piro, kaj Frago diskutadis dum horoj, ĉiu argumentante nur favore al si mem.

"Certe mi estas la plej bongusta!" deklaris Pomo. "Ĉu ruĝa, ĉu verda – mi estas ĉiam frandaĵo!"

"Sensencaĵo!" rebatis Piro. "Krom tio, ke mi estas dolĉa kaj sukplena, mi havas la plej interesan formon el ni ĉiuj!"

Frago malkonsentis: "Mi tamen estas tre belkolora kaj malgranda, tial facile enmetebla en ion ajn."

La homo kiu kaŝe aŭskultis la interfruktan diskutadon anoncis malsate: "Mi konsentas kun ĉiuj tri el vi!" kaj faris el ili fruktosalaton.

Eterna

Eldonita en Beletra Almanako 43 *(februaro 2022)*

Antaŭ multaj jaroj, kiam mi estis tre juna, mi hazarde malkovris, ke mi kapablas transformiĝi en ion ajn. Unue mi iĝis hundo, ĉar la vivo de mia dorlotbesto ŝajnis al mi tre agrabla. Tamen, kiam post nur deko da jaroj mi komencis kadukiĝi, mi decidis ŝanĝiĝi en pli longvivan beston: testudon. Mia enkarapaca vivo longe daŭris, sed ankaŭ ĝi, finfine, komencis estingiĝi, do mi decidis fariĝi sekvojo. Mi pace arbis dum jarcentoj, sed mi finfine eksentis miajn branĉojn kraki ekrompiĝe. Kiel trompi la morton?

Finfine mi decidis transformiĝi en ĉi tiujn vortojn, kiujn vi nun legas. Nun, mi estas eterna.

Pli ol centvorte

La tombisto

Eldonita en Ĉiuj steloj etas nokte

"Nu, se oni devas fosi tombon," pensis la tombisto, rigardante la pacajn ĉirkaŭaĵojn, "jen sufiĉe bela loko, mi supozas." La mezaĝulo denove turnis sian atenton al la laboro ĉe-mane, ĝuante la freŝan aeron.

Li faris malmulton por distri sin kaj malemis al diboĉado; tamen, li neniam rifuzis glason da biero, kaj pro sia vetemo li ŝuldis eble iomete tro. Li taksus sian vivon simpla kaj enuige senaventura.

"Ĉu jam sufiĉas la profundo?" li demandis lace kaj petmiene al la viro kiu gvatis la fosadon.

"Sufiĉas", replikis seke la sikario, kiu indikis per sia pistolo, ke la tombisto eniru la truon.

Koŝmare

Eldonita en Ĉiuj steloj etas nokte

Oni kondukis la mortkondamniton el ties karcero cele al la korto de la prizono, kie oni konstruis eŝafodon por pendumi lin. De sur la estrado li distingis, inter la amaso de sangavidaj scivolemuloj kiuj ariĝis por gapi, la vizaĝon de sia amato, kaj feliĉis povi vidi ties belajn verdajn okulojn unu lastan fojon, kaj rimarki ties amrigardon celi lin, triste kaj rezignacie. Li ame flustris "Mi amas vin" dum oni metis la dikan ŝnuron ĉirkaŭ lian kolon, kaj–

Ĝuste tiam, li subite vekiĝis. Kiam li konstatis, ke la alia duono de lia lito estas ankoraŭ malvarma kaj malplena, li ekploris.

Panjo diris...

Eldonita en Ĉiuj steloj etas nokte

"Panjo diris, ke mi ja rajtas manĝi kroman kuketon!" triumfe deklaris Marinjo revenante en la domon kaj fermante la malantaŭan pordon post si.

"Hm?" respondis Petro de sia fotelo, unue preteratente; tamen, poste, ekkonsciiĝinte pri tio, kion lia filineto diris, li aldonis: "Ĉu vere tion ŝi diris? Ĉu mi mem demandu ŝin?"

"Se vi volas..." allasis Marinjo kaj ŝultrumis senzorge.

"Do, eble mi faru tion!" Petro leviĝis de sia fotelo kaj eliris al la postdoma ĝardeno. "Mi vidas, ke vi *ankoraŭ* dorlotas ŝin..." li diris al sia edzino ame, starante antaŭ la tombo kie oni solene enterigis ŝin antaŭ jaro.

Panjo diris... (2-a versio)

*Ĉi tiu mikronovelo malsamas disde la antaŭa je nur 5 vortoj...

"Panjo diris, ke mi ja rajtas manĝi kroman kuketon!" triumfe deklaris Marinjo revenante en la domon kaj fermante la malantaŭan pordon post si.

"Hm?" respondis Petro de sia fotelo, unue preteratente; tamen, poste, ekkonsciiĝinte pri tio, kion lia filineto diris, li aldonis: "Ĉu vere tion ŝi diris? Ĉu mi mem demandu ŝin?"

"Se vi volas..." allasis Marinjo kaj ŝultrumis senzorge.

"Do, eble mi faru tion!" Petro leviĝis de sia fotelo kaj eliris al la postdoma ĝardeno. "Mi vidas, ke vi *ankoraŭ* dorlotas ŝin..." li riproĉis al sia edzino interdente, starante antaŭ la loko kie li haste enterigis ŝin antaŭ jaro.

Mia sozio

Ricevis la 1-an premion en la Belartaj Konkursoj 2021, branĉo Prozo, sub-branĉo Mikronovelo

Mi unuafoje vidis mian sozion revenante hejmen de la oficejo. Alproksimiĝante al la ĉefpordo, mi mirigite vidis lin tra la fenestro: li havis mian saman vivlacan mienon sur la vizaĝo, kaj, samkiel mi, li sidis en fotelo antaŭ la televidilo (ŝajnigante sin surda), dum mia (ĉu nia?) edzino senkonsile postĉasis niajn petolemajn infanojn.

Kiam mi eniris la domon, mia edzino rigardis min kaj diris: "Ne! Unu plian vion mi ne bezonas! Fakte, eĉ ne unu mi bezonas!" kaj ŝi forpelis nin ambaŭ el la domo.

Mi kaj mia identulo nun loĝas kune en apartamenteto. Kaj li ja estas aĉa samĉambrano.

Hejme kaj private

*Ricevis la 2-an premion en la konkurso
"Esperanto ligas homojn" 2021

Mia edzo mortis hieraŭ. Se paroli vere, mi ne povas diri, ke tio malgajigas min. Ne juĝu min, tamen: li dum jaroj provis – feliĉe sensukcese! – murdi min. Neniu el la najbaroj iam proponis helpi min; eĉ ne la police faris ion ajn, kiam mi mem vokis ĝin. "Ho, temas pri geedzaj kvereloj!" policano diris mansvinge. "Tiaĵojn oni solvu hejme, private!"

Do, mi decidis solvi la problemon hejme kaj private... per veneno. Lia hieraŭa, lasta taso da kafo estis aparte amara, kaj ĝi efikis tuj.

Mia edzo mortis hieraŭ... kial do mi trovis lin ĉi-matene legante la ĵurnalon en nia kuirejo?

La pentraĵo

*Ricevis la 2-an premion en la Belartaj Konkursoj 2022,
branĉo Prozo*

Henriko staris antaŭ la kameno de sia domaĉo, fikse rigardante la pentraĵon kiu pendis super la fajrujo. Temis pri fajne orkadrita oleopentraĵo kiu bildigis luksan domegon el blanka ŝtono dekoraciitan per ruĝaj brikoj kaj marmoraj kolonoj ambaŭflanke de la enirejo. Tian domon povus posedi nur riĉulo, kaj senmonulo povus nur sopire rigardi ĝin, esperi, kaj revi.

Henriko certe ne aspektis kiel riĉulo. Kvankam liaj vestaĵoj bone sidis sur lia maldika figuro, estis klare, ke ili estis malluksaj kaj hejmfaritaj – tute taŭgaj, tamen, por malriĉa kamparano. Lia longa malhelblonda hararo falis senzorge sur lia frunto; tio tamen ne malhelpis liajn bluajn okulojn bone vidi tra la taŭzitajn, grasajn harojn, kaj espiloni ĉiun detalon de la sopirata domo.

Rimarkante, ke li jam fortrinkis sian hejmfaritan alkoholaĵon, Henriko stumbletis en la kuirejon kaj replenigis la glason. De tie li povis ree rigardi la pentraĵon – ja lia loĝejo estis preskaŭ unuĉambra: la salono – se tiel oni kuraĝus nomi ĝin – estis tute apud la kuirejo (nu, la angulo de la ĉambro kie staris kuirforno). Proksime al ĝi estis kruda prilaborita ligna tablo kun tri seĝoj, kaj apud la tablo estis metala rubujo kaj malalta ŝranko kien oni metis la kadukan, malgrandnombran vazaron. Preter la tablo troviĝis alia eta ĉambro – dividita de la ĉefa ĉambro nur per ŝtofa kurteno – kie dormis Henriko, lia edzino Nadja kaj ilia eta filo Marko.

Tutcerte la domego en la pentraĵo havis pli da ĉambroj.

Alirinte denove la kamenon, Henriko aŭdis post si mallaŭtajn paŝojn sur la ligna planko, kaj la voĉon de Nadja, kiu moketis lin milde: "Ho, denove ĉe via pentraĵo, ĉu?"

Li turnis sin malrapide kaj mallerte, kaj elkraĉis: "Jes! Kio do?"

"Nu, nenio, nenio", diris Nadja, sidiĝante ĉe la tablon kaj surtabligante volvaĵon de ŝtofo kaj skatolon kun kudriloj. "Vi simple pasigas tiom da tempo tie, fiksrigardante ĝin, kvazaŭ tio ŝanĝus aferojn..."

"Mi scias, ke mi nenion povas ŝanĝi!" li kolere replikis, ekbruligante ĉipan cigaron per la fajrujo. "Mi tro bone scias, ke mi ne povas elsorĉi monon el nenio kaj reakiri miajn iamajn havaĵojn, kaj ke nur tiu pentraĵo postrestas al mi. Sed revi estas – feliĉe! – ankoraŭ senpage, do tion mi faras. Kiun mi damaĝas per tio?"

"Trankviliĝu, kara", pacigeme respondis Nadja, tranĉante iom da ŝtofo kaj ĵetante kelkajn restaĵojn en la rubujon. "Mi ne celis riproĉi vin. Ne atentu min." Ŝi sciis, ke estas malsaĝe alparoli Henrikon post kiam li komencis sian drinkadon; ŝi cetere rimarkis kun malĝojo, ke la trinkado komenciĝas ĉiun tagon pli frue kaj daŭras pli longe. Ŝi malvolvis pli da ŝtofo kaj daŭrigis sian jam komencitan kudraĵon – malluksan virinan veston, kies mendo, ŝi esperis, povos enspezigi al ili sufiĉe da mono por povi pagi almenaŭ la ĉi-monatajn elspezojn.

Henriko ŝanceliĝis ĝis unu el la foteloj antaŭ la kameno kaj brufaligis sin sur ĝin, senintence elverŝante kelkajn gutojn de sia alkoholaĵo. "Mi estus tiel feliĉa, se mia nuna loĝejo aspektus kiel tiu en la pentraĵo: ĉio estis bela en mia vivo kiam mi loĝis tie", li diris kvazaŭ al si mem, tremfingre montrante al la blanka domo super la fajrujo. "Mi havis molan, komfortan liton en grandega, hela ĉambro... servistoj atentis ĉiun mian deziron... mi havis luksajn manĝojn ĉe longa, bele aranĝita tablo... mi havis ĉevalojn sur kiuj mi rajtis rajdi kiam ajn mi volis... mi havis ĉian komforton kaj ĉion, kion mi volis, kaj jen... mi havas nenion."

Li ensuĉis avide sian cigaron, kaj kliniĝis malantaŭen. "Nenion, krom ĉi tiun domaĉon, ŝuldojn, kaj ĉikaneman edzinon!"

Nadja senpripense respondis mallaŭte: "Nu, kaj ankaŭ amason da libertempo por drinki anstataŭ labori, ĉu ne?" Ŝi tuj pentis sian diron, sed estis tro malfrue por maldiri ĝin.

"Kio?" Henriko kriis kolere, subite stariĝante kaj faligante sian glason sur la plankon. "Ĉu vi aŭdacas nomi min mallaboremulo, min, kiu estis la heredonto de grandega bieno kaj nekalkuleblaj riĉaĵoj? Kial mi devu labori?" Je ĉiu eldiraĵo li iom post iom alproksimiĝis al la tablo kie Nadja sidis. "Mi estas Henriko Kasteldoro! Mia familia nomo de jarcentoj estas fame konata ĉi-lande kiel tiu de aristokratuloj kaj potencaj terposedantoj! Homoj laboru por mi, ne inverse! Kial mi kulpu pri la stultaj decidoj de mia vetama patro?" Atinginte la tablon, li brue pugnobatis ĝin, tiel ke la ŝtofovolvaĵo falis sur la plankon.

"Paĉjo?" aŭdiĝis eta dormoplena voĉo malantaŭ li. "Kio okazas?"

Henriko rimarkis, ke lia kvarjara fileto Marko envenis el la dormoĉambro, trenante sian pluŝbeston. Henriko tuj trankviliĝis, iom hontigite. "Ho, karulo, ĉu Paĉjo vekis vin? Mi bedaŭras. Paĉjo simple parolis tro laŭte."

"Jes, kara, nenio okazas", diris Nadja, bonvenigante la interrompon. "Venu, mi enlitigos vin denove", ŝi proponis al sia filo, kaj kuraĝige pelis lin en la dormoĉambron.

La kolero ĉe Henriko, tamen, ne tute estingiĝis. Li denove ensuĉis la fumon de sia cigaro kaj furioze daŭrigis sian plendadon, sufiĉe laŭte por ke Nadja aŭdu lin. "Neniu riproĉu min! Mi estas la sinjoro de ĉi tiu vilaĝo, eĉ se mi devis vendi ĉiujn miajn havaĵojn por pagi la ŝuldojn de mia patraĉo, eĉ se mi ne plu loĝas en Domego Kasteldoro! Neniu vilaĝa kudristino insinuu, ke mi estas nur drinkema sentaŭgulo, mi, kiu iam povus svatiĝi al ajna altklasa fraŭlino de la lando!"

Rimarkinte la frakasitan glason sur la planko, Henriko kriis: "Se vi tiel malalte taksas min, eble mi iru al la trinkejo, kie homoj ankoraŭ memoras kiu mi estas!" Li kolere ĵetis sian cigaron en la rubujon, aliris la ĉefpordon, kaj brufermis ĝin malantaŭ si.

Henriko marŝis malrapide pli ol duonhoron laŭ la vojo de sia domaĉo al la vilaĝo, preterpasante la densan arbaron kiu iomete izolis lian loĝejon. La freŝa aero komencis sobrigi lin, kaj li estis multe pli mense vigla kiam li finfine eniris la trinkejon. Kiam la pordo fermiĝis malantaŭ li, dekoj da vilaĝanoj rigardis lin dum kelkaj sekundoj kaj poste revenis al siaj trinkaĵoj kaj konversacioj. Henriko aliris la verŝotablon kaj mendis glason da rumo.

"Jen por vi, sinjoro Kasteldoro", diris la trinkejestro, metante la glason antaŭ Henrikon.

Henriko ridetis amare kaj respondis: "Estas nenia bezono nomi min tiel, Peĉjo: delonge mi estas nenies sinjoro."

Ĝuste tiam, belstatura, riĉe vestita homo eniris la tavernon. Serĉante per la okuloj la trinkejestron, li marŝis decidpaŝe al li kaj mendis unu bieron. Ricevinte ĝin, li sidiĝis ĉe la verŝotablo, kaj kiam li turnis la kapon por saluti sian apudsidanton, liaj okuloj larĝe malfermiĝis. "Henriko? Ĉu... ĉu estas vi?"

La iama sinjoro Kasteldoro rigardis la novalveninton en la okulojn, kaj, rekoninte lin, Henriko iom embarasite respondis: "Jes, estas mi, Dirago, ankoraŭ ĉi tie post tiom da jaroj. Kion faras vi ĉi tie en la vilaĝo?"

"Nu, mi fojfoje devas reveni ĉi tien el la ĉefurbo por prizorgi la familian bienon: vi jam scias, ke estas malfacile bone estri tiel grandan entreprenon defore", Dirago respondis senzorge. Li tiam ŝajnis ekkonscii pri sia diraĵo, kaj aldonis rapide: "Mi pardonpetas: mi celis nenion per tio. Mi ja... mi ja aŭdis pri via patro kaj pri via situacio. Mi bedaŭras. Ĉu ĉio estas en ordo ĉe vi?"

"Kompreneble ne. Se ĉio estus en ordo, mi loĝus en la domego de mia familio, kaj mi estus ankoraŭ sinjoro Kasteldoro, ĉu ne? Sed mi estas nura 'Henriko' por ĉiuj nun, mi supozas. Terkultivanto, samkiel ĉiuj en ĉi tiu taverno. Nu, terkultivanto kiu tamen scias nenion pri la metio kaj kiu ĝis nun sukcesis mortigi ĉion, kion li semis. Jen mi, almenaŭ sukcesa pri io!" Henriko ridis amare kaj levis sian malplenan glason, proponante toston al si mem.

"Estas certe maljusta tio, kio okazis al vi", mallaŭte diris Dirago, fikse rigardante sian bierglason por eviti la rigardon de la iama samrangulo. "Mi aŭdis tamen, ke post la vendo de viaj havaĵoj vi retenis la iaman domon de la bienestro, do vi almenaŭ havas loĝejon kaj ioman terpecon por kultivado, ĉu ne?"

"Jes, sed kiel mi jam menciis, mi simple ne taŭgas kiel terkultivisto. Sed mi ĵuras, ke mi iam, iel rehavos ĉion, kion mia patro perdigis al mi, kaj reenloĝiĝos en nia deĉiama familia domego. Mi iamaniere malfaros ĉi tiun teruran sortobaton, kaj elirigos min el ĉi tiu mizera vivo, kiun la destino trudis al mi."

Dirago ekparolis, sed detenis sin. Henriko rimarkis lian heziton, kaj diris sprone: "Kio? Parolu libere. Ni estas – nu, almenaŭ estis – amikoj delonge, ĉu ne? Diru."

"Nu, Henriko... Eble ne estas mia rajto diri ion ĉi tian, sed... kvankam mi komprenas vian ĉagrenon, mi ne komprenas kial vi taksas vian vivon tiel mizera."

"Ĉu?" replikis Henriko kun malica rideto, sorbante sian rumon. "Sinjoro D'Arĝento diros al mi, de sia luksa ĉefurba vilao, kial mi aprezu mian lignan domaĉon, ĉu...?"

"Eble mi ne devus, sed, jes, mi faros tion. Via vivo certe draste ŝanĝiĝis, Henriko, malpl.i boniĝis, certe, sed... Vi havas domon!

Etan, jes, malluksan, certe, sed sufiĉan por viaj bezonoj. Multaj vilaĝanoj perdis sian loĝejon post la pasintjara malbona rikolto, kaj havas eĉ ne tiom. Laŭ tio, kion mi aŭdis, vi same havas sanan infanon kaj edzinon kiuj amas vin."

"Pa! Nadja!" Henriko mienis malŝate. "Ŝi nur ĉikanas min! Se ŝi iam pensis, ke mi havas iajn sekretajn riĉaĵojn, kaj ke ŝi iĝos granda sinjorino, ŝi vere trompiĝis! Ŝi sendube pentas sian decidon edziniĝi al tia mizerulo kiel mi!"

"Mi ne estus tiel certa pri tio", replikis Dirago amare, glutante iom pli da biero. "Klara koketis kun mi dum jaroj, kaj post kiam mi finfine edzinigis ŝin, mi lernis subite, ke nur mian monon kaj socian rangon ŝi avidas. Ni vivas esence disajn vivojn, kvankam ni loĝas en la sama domo; eĉ ne infanon ŝi volas doni al mi."

La neatendita konfeso de la malnova amiko iom mildigis la humoron de Henriko. "Mi... mi ne sciis tion: mi bedaŭras. Se paroli vere, mi poste eksciis, ke Nadja ŝajne ĉiam havis al mi korinklinon, sed kompreneble kiel nura kamparano ŝi neniel povus eĉ pensi edziniĝi al mi, la filo de la mastro de la bieno. Sed kiam mi perdis ĉion kaj transloĝiĝis al la dometo de la bienestro, ŝi venis al mi kaj proponis al mi sian helpon pri dommastrumado kaj terkultivado... kaj el tio finfine naskiĝis nia amo."

"Do, vidu", konkludis Dirago, fintrinkante sian bieron. "Ŝi celis do ne vin, la riĉan, iaman mastron, sed vin, la viron."

Henriko kortuŝiĝis je tiuj simplaj vortoj de la iama amiko, sed li simple diris stariĝante: "Nu, jam malfruas, Dirago. Eble mi ja komencu mian ekiron hejmen. Estis plezure revidi vin."

Li mansvingis adiaŭe kaj forlasis la trinkejon marŝante trankvile kaj kvazaŭ senzorge. En lia cerbo tamen kirliĝis centoj da diversaj pensoj. Ĉu vere li tiel troige taksis sian situacion? Ĉu li nun plendaĉas kvazaŭ trodorlotita bubo nur pro tio, ke li nun devos perlabori sian vivon, anstataŭ nur heredi ĉion de sia patro?

Krome, ĉu li ne maljuste traktis Nadjan? Ŝi ja lastatempe aspektis triste kaj retiriĝeme, kaj foje sentigis al li sian seniluziiĝon, sed, ĉu ne tute juste? Li ja iĝis plendema nenifaranto, dum ŝi tage kaj nokte kudradas por enspezigi ioman monon post kiam lia terkultivado tute fiaskis. Ĉu li kulpigu ŝin, ke ŝi ne ŝatas ĉiam aŭskulti lin sopiri ebrie al sia iama vivo, en kiu ŝi eĉ ne rolis? Ŝi restis lojala edzino, trabatanta al si la vojon apud li tra ĉia sortobato, ĝuste kiel ŝi promesis kiam ili geedziĝis: kion alian li pretendu?

La vojo reen al lia domo sentiĝis senfina, sed la longa marŝado donis al li tempon por vortumi senkulpigojn en sia cerbo, por elpensi promesojn plenumotajn, por elkovi planojn pri kiel restarigi la terkultivadon kaj provi, kiel eble plej multe, sukcesigi sian nunan vivon anstataŭ nur sopiradi la estintan.

La arboj kiuj apudis la finan vojkurbiĝon hejmen ankoraŭ kaŝis la domon, sed ruĝa lumo superiris ilin kaj pliheligis la nokton, scivolemigante lin. Li rapidigis sian iradon kaj tuj vidis en la foro fajran inferon: kie lia domaĉo staris antaŭ nur horoj, nun brulis ardaj flamoj kiuj disĵetis oranĝruĝajn fajrerojn ĉien en la noktan ĉielon. Li kuris al la incendio kaj tremvoĉe kriis kiel eble plej laŭte: "Nadja! Marko!"

Henriko tuj kuris al la fenestroj en la malantaŭo de la domo, kie estis la dormoĉambro, sed tie la flamoj estis eĉ pli intensaj, kaj ne permesis al li eĉ alproksimiĝi. Li reiris al la antaŭo de la domo kaj trabatis al si la vojon enen; tie, tra la fumo, li vidis nur dispecigitajn meblojn kaj ĉieajn flamojn.

Atinginte la malantaŭon de la domo, sub dikaj falintaj traboj li vidis kun hororo tion, kion li plej timis: meze de altaj, netrapaseblaj flamoj, jam nerekoneblan kadavron kiu kuŝis, kvazaŭ protekte, sur iu pli eta, ankoraŭ tenanta cindriĝintan pluŝbeston.

Henriko volis plengorĝe elkrii sian doloron, sed la densa fumo striktigis lian traĥeon kaj igis lin ektusi korposkue. Pelita de la neeltenebla varmo kaj la nerespirebla aero, Henriko komencis malcertpaŝe trabati al si la vojon reen al la ĉefpordo. Mezvoje, tra larmantaj okuloj li distingis sur la kamenbreto sian plej ŝatatan pentraĵon. La tolaĵo jam komencis bruli ĉe la randoj, kaj en la mezo nun videblis nur parto de alia ruinigita, cindriĝinta domo.

Amo en la tempoj de kovimo

*Ricevis la 1-an premion de la unua eldono de
la Interkultura Novelo-Konkurso 2022*

Marto 2020 estis tre malbona monato. Unue, mia koramiko kaj mi rompis nian plurjaran rilaton; poste, mia kato eskapis el la fenestro kaj neniam revenis (Ho, Miŝu...! Kien vi...?); kaj fine, iu juna helpanto en vendejo nomis min "sinjorino" anstataŭ "fraŭlino" la unuan fojon en mia vivo.

Ho, kaj kompreneble: la pandemio komenciĝis mialande, kaj ni ĉiuj devis subite enhejmiĝi kaj kvaranteni dum pli ol jaro.

Sed mi ne anticipu aferojn: tiam neniu el ni sciis, kiom longe ni devos resti hejme, kiam oni ekhavos vakcinon (se tio eĉ eblus!), kaj ĉu aŭ ne Miŝu iam revenos hejmen. (Nu, estis precipe mi, kiu scivolis pri tiu lasta.) Ajnokaze, aferoj iĝis pli kaj pli malhelaj, kaj estis nenia kialo esperi pri io ajn.

Des pli, ke mi havis grandajn somerajn planojn, kiuj devis tuj esti forĵetitaj kaj oferitaj je la altaro de la ĉieesta, ĉiopova kaj ĉioruiniga dio KOVIM-19. NASK en Raleigh? *Goodbye!* UK en Montrealo? *Adieu!* IJK en Nederlando? <*Kiel ajn oni diras "Ĝis" en la nederlanda*>!

Kompreneble, oni provis plenigi la truojn postlasitajn de tiomaj Esperantaj renkontiĝoj per streĉaj retaj kongresoj, kie oni simple fiksrigardadas komputil-ekranon dum horoj, provante identigi homojn ene de etaj kvadratoj, kaj ripetante: "BONVOLE MAL-MUTIGU VIN!" kelkajn fojojn ĉiutage. Mankis al mi la brak-umoj de miaj amikoj, la babiladoj en la koridoroj, eĉ la odoro de neduŝitaj Esperantistoj.

Eta punkto de lumo inter ĉio ĉi estis Klaŭs. Ni konatiĝis tiun someron pere de *Amikumu* (laŭ kiu li estis nur dudek kilometrojn for de mi): ĉar mi kontrolas la apon ofte por ekscii pri novaj

Esperantistoj en mia urbo, iun tagon mi rimarkis lian senbildan profilon enrete kaj mi skribis al li mallongan tekst-mesaĝon. Li – nekredeble! – *tuj respondis!* (Ho, jen ververa *Amikumu*-a miraklo! Benata estu ties kreinto, Sankta Ĉak-Smito!)

La unuaj mesaĝoj estis la kliŝaj deĉiamaj unuaj demandoj inter Esperantistoj: "De kiam vi parolas Esperanton?" "Kiel vi lernis ĝin?" "Ne, ne 'kiAl', sed 'kiEl'... sed nu, bone, diru al mi ankaŭ kiAl", ktp, ktp. Sed, eble pro la kvaranteno kaj la absoluta manko de io alia por fari, ni sendis mesaĝojn unu al la alia preskaŭ ĉiutage. Mi parolis pri mia antaŭ-kovima vivo; pri tio, kion mi faras por ne freneziĝi sola kaj senkata en mia domo; kaj kion mi plej antaŭĝuas fari, kiam ni finfine povos elkaverniĝi.

Li estis tre afabla, amikema kaj ŝercema, pro kio mi tuj ekŝatis lin, sed mi rimarkis, ke mi kutimas multe pli ol li paroli pri mia privata vivo. Mi ekkonsciis pri tio, ke eĉ post tri monatoj da preskaŭ ĉiutaga mesaĝado, mi sciis tre malmulte pri li. Nu, mi sciis, ke li estas dudek kilometrojn for de mi; ke li loĝas ĉe siaj gepatroj (ne tre malofta afero nuntempe ĉe junuloj niaaĝaj), kaj ke li parolas – nu, almenaŭ skribas! – Esperanton tre bone. Kiam ajn mi provis ekscii ion pli pri li, li ŝerce ŝanĝis la temon alidirekten, tiel lerte, ke mi tuj eĉ forgesis pri tio, kion mi demandis.

Duboj komencis ronĝi mian cerbon, tamen: "Ĉu li havas koramikinon – tre paciencan koramikinon – kiu ne ĝeniĝas, kiam ŝia kunulo mesaĝas alian virinon la tutan tagon? Ĉu li ja loĝas ĉe siaj gepatroj, sed eble nur pro tio, ke li murdis ilin kaj faris ledajn meblojn el ilia haŭto? Ĉu li fakte estas maljuna, malbela Idisto, kiu ruze lernis Esperanton nur por enamigi kaj poste seniluziigi senkulpajn Esperantistinojn?"

Ĉu mi diris: "enamigi"? Ho. Jes, mi supozas, ke tiel estas, ĉu ne? Diable.

Nu, ajnokaze, mi decidis, ke eble mi almenaŭ certiĝu, ke ja ne temas pri *MAL*juna, *MAL*bela Idisto – junan, belan Idiston mi almenaŭ povus iel provi eks-Idistigi! Do, post kelkmonata mesaĝado pere de *Amikumu*, iun tagon mi rekte demandis Klaŭson, ĉu ni povus babili Skajpe.

Aŭ *Zoom-e*. Eĉ *Jitsi-e*! Lia unua reago estis – malreago. Li simple ne respondis dum kelkaj tagoj, kaj mi vidis ĉiujn miajn timojn realiĝi; mi sentis min dupo, fakte, la plej granda dupo, kiu iam ajn dupis! ("Dupis"? "Dupiĝis"? Zamĉjo scias!)

Tamen, post tri tagoj, li ja respondis, kaj sendis al mi sian Skajpuzantnomon. Hura! Mi ne estas dupo! Nu, almenaŭ ne ĉi-rilate! Mi tuj vokis lin, kaj je mia miro, li tuj respondis (kvankam la kamerao estis malŝaltita, kaj ne estis ajna profilbildo).

"Saluton, Elen!" li diris la unua per perfekta, klara Esperanto (kiu, honeste dirite, iomete hontigis la mian).

"Saluton, Klaŭs! Kiel vi fartas?" mi respondis, provante elparoli ĉiun vorton kiel eble plej ĝuste por imponi lin. "Ĉu via kamerao paneis...?" mi demandis, duon-ŝerce, duon-instige.

"Nu... ne... mi simple ne ŝaltis ĝin. Ĉu gravas?"

"Mi ne dirus, ke ĝi *gravas*... sed, vidu, mi ŝaltis la mian!"

"Jes, mi ja vidis! Kaj mi estas tre feliĉa, ke vi ŝaltis ĝin, fakte..." li diris, kun ioma embaraso, kiu baldaŭ iĝis ankaŭ mia.

Feliĉe, post kelkaj minutoj ni revenis al nia kutima senĝena babilado. "Eble mi konfesu", mi diris, ŝajnigante honteman voĉon, "ke post kiam dum kelkaj tagoj vi ne respondis al mia peto babili Skajpe, mi iom timis, ke vi estas malica Idisto celanta delogi kaj devojigi aldonitajn Esperantistinojn kiel mi."

Li respondis mistere, kun kvazaŭ aŭdebla okulsigno: "Nu, kiel vi scias, ke mi fakte ne estas tia? *Ni parolez Ido!*"

"Ho, ve! Ĉu vi fakte scipovas ĝin?!"

"Ha, ha! Ne, ne, tute ne. Fakte, tiu frazo tuj igus min mensogulo, ĉar mi povus nenion kroman diri en Ido!"

Je tio, ni ambaŭ ridegis, kaj la konversacio poste fluis glate, kiel ĉiam – eĉ se, verdire, la fakto, ke li ne ŝaltis sian kameraon iom piketis min. Kial, tamen? Kial lia aspekto gravu? Kial li ŝuldas al mi belan vizaĝon? Aŭ ajnan vizaĝon? Mi do decidis ne plu insisti: nia rilato tre gravis al mi, kaj se li ne volis, ke mi vidu lin – ajnakiale – mi respektu tion.

La monatoj pasis, kaj la rilato intensiĝis. Ni parolis voĉe ĉiun nokton antaŭ ol endormiĝi, ĉiun matenon tuj post kiam ni vekiĝis, kaj foje eĉ dum ni tagmanĝis (ĉiu en sia domo, komprenble) nur por ŝajnigi, ke ni estas kunaj, kaj ke ne estas tutmonda pandemio kiu disigas nin.

Finfine, oni komencis vakcini homojn, kaj mi faris mian plejeblon trovi lokon, kie oni konsentus vakcini min (ĉar dekomence, miaaĝuloj devis atendi sian vicon). Por rapidigi la aferon, tamen, antaŭ kelkaj semajnoj mi volontulis ĉe kliniko, kiu disdonas la vakcinon kaj jam je la fino de la deĵortago, la gloraj imunigaj ĥemiaĵoj produktitaj de *Johnson & Johnson* fluis en miaj vejnoj. Kia feliĉo! (Nu, la sekvan vesperon mi sentis iom *malpli* da feliĉo – sed tamen!) La tago de mia liberiĝo jam alproksimiĝas! Kaj – kial ne? – la tago, kiam mi finfine povos renkonti Klaŭson vizaĝ-al-vizaĝe!

Mi elkovis planon: mi ruze faros demandojn al Klaŭs, kiuj malkaŝos sufiĉe da informo por ekscii kie li loĝas. Lian familinomon mi jam scias (kvankam tio ne multe helpas, kiam ĝi estas tiel ofta kiel la lia); mi ankaŭ informiĝis pri la plej proksima filio de la urba biblioteko, kaj – jen eltrovo genia! – la nomojn de liaj gepatroj. Danke al ĉio ĉi, Guglo, kaj mia nesatigebla scivolemo kaj neelĉerpebla libera tempo, mi finfine eltrovis lian adreson.

Kaj nun, jen mi hodiaŭ, finfine imuna kontraŭ la viruso, preta eliri en la mondon, kun eta slipo kiu havas adreson. Mi enmetis ĝin en mian telefonon kaj petis ĝin direkti min Klaŭsen.

Mi alvenis al mia celo post eterna, senfina kaj longega duonhora stirado. (Kial estas tiom da trafiko?! Ĉu ne ankoraŭ estas pandemio tutmonda? Restu hejme, homoj!) La domo de ekstere aspektis sufiĉe normale, kvankam tute ne tia, kia mi imagis ĝin dum la pasinta jaro. Ne gravas!

Mi alpaŝis la pordon kaj, antaŭ ol mi povus perdi la kuraĝon, mi frapis laŭte.

Post iomaj sekundoj, virino malfermis la pordon iomete. "Jes?"

"Bonan vesperon, sinjorino! Mi estas Elen. Ĉu... Ĉu Klaŭs estas hejme?"

La virino miris iomete, sed pli larĝe malfermis la pordon. "Vi estas Elen? Ho! Nu, jes, kompreneble, Klaŭs estas hejme! Ĉu... li scias, ke vi venos hodiaŭ...?"

"Ne! Temas pri surprizo! Ĉu tio estas en ordo?"

"Jes, jes, kompreneble! Envenu! Klaŭs!" ŝi vokis malantaŭ si, enlasante min en la salonon. "Vi havas gaston!"

Kaj jen la momento, kiun mi delonge atendis. Ĉiu timo, kiun mi jam delonge forpuŝis kaj nuligis, revenis en mian menson kaj igis min atendi rigide, kvazaŭ mi sidus sur pinglo-kuseno.

En la salonon venis dekdujara knabo. "Gasto? Kiu gasto?"

Mia koro plonĝis ĝis la fundo de mia stomako. Jen io, kion mi neniam eĉ konsideris! Kiel eblas, ke tiel juna knabo povas soni tiel vireĉe, kaj paroli Esperanton tiel lerte? Kiel eblas, ke mi enamiĝis al eĉ-ne-adoleskanto?

"Ne por vi, Karlo!" diris ĝenate la patrino, elpelante la knabon per mangesto. "Diru al Klaŭs, ke li venu en la salonon!"

"En ordo, en ordo..." suspekteme diris la knabo forirante. "Sed ŝin vi petu surhavi maskon en la domo, ĉu ne?"

"Ne zorgu pri mi: mi jam vakciniĝis!" mi diris ĝojplene, ek-konsciante pri mia eraro, kaj finfine elspirante la unuan fojon, ekde kiam mi eniris la domon.

Post kelkaj sekundoj, alta, bela junulo eniris la ĉambron. "Gasto? Kiu gasto?" li eĥis la vortojn de sia pli juna frato, kaj haltis subite, kiam li vidis min. "E– Elen?"

"Jes! Jen mi! Surprizo!" mi kriis, kaj saltis sur lin por brakumi lin. (Ni Esperantistoj ja estas brakumemuloj).

Ankoraŭ iom ŝtoniĝinta surloke, li brakumis min, kaj demandis: "Sed... kiel eblas...?"

Mi rakontis al li pri mia ruzo, dum la patrino senkulpigis sin kaj lasis nin solaj. "Mi apenaŭ povas kredi, ke mi estas ĉi tie, kaj ke vi estas antaŭ mi! Vi, la sekretemulo! Kial vi tiel zorge kaŝis vian vizaĝon? Vi eĉ ne estas *tiel* malbela..." mi riproĉis lin ŝerc-moke (ĉar mi fakte taksis lin tre ĉarma).

"Mi..." li komencis, embarasite. "Mi sentas, ke mi devas ion malkaŝi al vi, Elen."

Mi ja delonge intuiciis, ke io ne estas en ordo. Mi enspiris, pretigis min, kaj diris: "Nu, malkaŝu do. Vi finfine estas Idisto, ĉu...?"

Li duonridetis. "Ne. Eble tio estus pli facila, tamen!" Ankaŭ li enspiris, kaj daŭrigis: "Vidu: por preskaŭ ĉiuj, ĉi tiu pandemio estas mond-skua evento – io, kio tute renversis la ĉiutagan vivon kaj malhelpas al homoj fari ĉion, kion ili volas. Tamen, por mi... ĝi estas... maltia!"

Mi mienis konfuzite, kaj li klarigis: "Mi estas agorafobo, Elen. Aŭ, se vi volas esti pli bonlingvisma, eble mi diru, ke mi havas fobion – multe pli ol simplan timon – pri la ekstera mondo.

"La nura penso elpaŝi el la domo tute angorigas min. Mi parolas kun psikiatro de longa tempo, sed eĉ tiam, jam de jaroj mi ne iras eksteren. Mi studis ĉe reta universitato; mi laboras hejme; mia tuta vivo estas ĉi tie. La kvaranteno ne malgrandigis mian mondon: ĝi tute larĝigis ĝin! Ĝi alportis Esperantujon ĉe min; ĝi igis homojn okazigi retajn eventojn preskaŭ ĉiun tagon tra la tuta mondo; ĝi ebligis al mi la unuan fojon ĉeesti Universalan Kongreson kaj IJK-on... Jen io, kion mi neniam pensis, ke mi iam povus fari! Kaj ĝi... ĝi venigis vin en mian vivon..."

Mi tenis lian manon kaj diris milde: "Ne ĉio malbonas pri KOVIM-19, mi supozas... Sed, kial kaŝi vian vizaĝon? Kial tiom da sekretemo?"

"Mi ne volis... iĝi pli reala por vi, Elen. Estis jam sufiĉe malfacile por mi babili kun vi ĉiun tagon, sciante, ke mi neniam povos esti por vi fakta kunulo. Mi pensis, ke eble kaŝante min malantaŭ ekrano, kaj restante senvizaĝa avataro, mi povus resti iom nereala, kaj niaj sentoj povus resti... nu, virtualaj."

"Pri tio, tamen, mi kredas, ke ni ambaŭ fiaskis sufiĉe memevidente", mi diris tenere, tenante nun ambaŭ el liaj manoj.

"Jes, verŝajne jes", li ridetis al mi. "Do... kio nun...?"

Mi rigardis en liajn okulojn. "Nu, mi ne scias, kio okazos pri la viruso, kaj mi ne scias, ĉu post la pandemio Esperantujo revenos en la realan vivon, ĉu oni ne plu okazigos internaciajn eventojn rete, ĉu homoj laciĝos je *Zoom*-renkontiĝoj kaj retaj prelegoj... Sed... almenaŭ *mi* iros nenien..."

Li ridetis al mi malsekokule.

"Krom se vi Idistiĝos, kompreneble..." mi aldonis admone.

"*Ni parolez Ido!*" li kriis kun granda rideto, kaj ni fandiĝis en rea brakumo.

Ĉu ne pli bone hejme?

*Ricevis la 2-an premion de la unua eldono de la Interkultura Novelo-Konkurso 2022

Kiel kutime, Alfredo vekiĝis je la sesa matene. Neniu devigis lin fari tion nuntempe, kompreneble, sed lia korpo jam alkutimiĝis al la frua rekonsciiĝo. Li lante elglitis el sia duono de la lito kaj somnole pantoflis kuirejen.

El la ŝranko, li senpripense elprenis du tasojn, sed, ekkonsciiĝinte pri sia eraro, li remetis unu el ili. Matenmanĝinte, li meandris sencele en la salonon, ne sciante, kion fari nun.

Antaŭ kelkaj tagoj tiu viruso falĉis lian Elinjon. La malsano trafis ŝin neatendite kaj mortigis ŝin rapide. Tre rapide. Tro rapide. Tial, subite, post kvar jardekoj da seninfana, ama geedzeco, da dividado de penoj kaj ĝojoj, da simpla kunestado, li nun solis, vidve, en plene vaka domo.

Onidire la viruso estas aparte mortiga por liaj samaĝuloj, kaj nura tusado kapablas disvastigi ĝin en la aeron. Ĉar li ne volis mem infektiĝi, li faris tujan decidon: li enŝlosiĝu en sia domo, kaj la ekstera mondo restu for. Ĉu ne pli bone hejme, ajnokaze? Kion havas la mondo por doni al li, por feliĉigi lian vivon? Ĝi ja forprenis lian Elinjon, lian solan vivkialon, kaj postlasis al li nur duonmalplenan liton, silentan domon, kaj kruele senfinan vicon da sencelaj tagoj.

Se diri la veron, Alfredo estis deĉiama hejmemulo: li havis nenian problemon sidi en sia fotelo kaj pasigi la tutan tagon legante. Nur Elinjo fojfoje kapablis sukcese elfoteligi lin por rendevui amikojn (jam delonge forpasintajn aŭ translokiĝintajn) aŭ por manĝi ĉe najbaraĵa restoracio.

Nun, kiam tian instigon viruso forprenis de li, Alfredo havis nenian kialon eliri el sia domo kaj forlasi ties ŝirmadon. Tial, li preparis sin por izolita vivo plena de paco, silento, kaj neniu alia homo.

Feliĉe, sen tio, ke li eĉ devu meti piedon ekster sian domon, li havis ĉion, kion li bezonis por vivi. Elinjo sufiĉe lerte manovris interreton, kaj antaŭvidinte sian forpason, ŝi antaŭmendis por li manĝaĵojn liverotajn ĉiusemajne rekte hejmen. Alfredo devis simple malfermi la malantaŭan pordon lunde matene kaj, kvazaŭ magie, tutsemajna provianto estis jam tie. Lia postemeritiĝa pensio aŭtomate deponiĝis en lian bankokonton, kaj ĉiuj liaj monataj hejmaj elspezoj same aŭtomate depreniĝis de tiu sama konto. Li vere devis zorgi pri nenio, krom kiel alfronti tiun domon malhavantan lian edzinon.

Kiel distraĵo, teĥnologio ne utilis al li: li ne spertis pri komputiloj, poŝtelefonoj aŭ eĉ televidiloj – kaj kial lerni tiaaĵojn liaaĝe? Ankaŭ ne utilus aŭskulti radion aŭ legi ĵurnalojn: lia vivo jam sufiĉe tristis, kaj la novaĵoj neniam venigas feliĉon. Tamen, la plej simpla plezuro mergiĝi en atentoraban romanon ja iom mildigis la enuon vegeti la tutan tagon, tagon post tago. Do, li komencis vori la librojn, kiuj plenigis liajn bretarojn, malatentitajn kaj nelegitajn dum jaroj.

Iun tagon, tamen, Alfredo ekkonsciis pri tio, ke li jam legis ĉiun libron en sia kolekto. Kelkaj el ili certe meritis relegadon, kaj tiujn li relegis; sed venis la momento, kiam li eĉ konsideris rapidan viziton al la promendistanca urba biblioteko por restoki siajn bretarojn. Li memoris, ke unu el la deĵorantoj ĉiam rekonis lin, kaj plej volonte helpis lin elekti taŭgajn legindaĵojn. Sed finfine li decidis nee: tio postulus rezignon de la doma sekureco, eventuale danĝeran forlason de tiu ora kaĝo, kiu tenis lin sana samgrade, kiel ĝi tenis lin sola.

Tiuj tagoj en memizoliĝo semajniĝis, kaj la semajnoj baldaŭ monatiĝis. Ĉiu tago identis al la aliaj, kaj estis jam nenombrebla sinsekvo el ili. Kiam tiu telero frakasiĝis, dum li lavis la vazaron? Ĉu la pasintan semajnon? Ĉu la pasintan monaton? Ne gravas.

La tagnoktoj spaliris senfine, senkompate, sen-Elinje, cele al finfina sakstrato nomita Morto, kiu tamen ne venis, tamen ne venis.

Memoroj pri Elinjo sieĝis Alfredon tra la tuta domo, iamaj banalaĵoj, kiuj subite graviĝis pro ŝia foresto: kiel ŝi emis dismeti multpecajn puzlojn sur la salonan tablon (sed neniam fakte kompletigis ilin); kiel ŝi senpripense kantetis mallaŭte dum ŝi senpolvigis la meblojn; kiel ŝi sidis ĉe la skribotablo dum horoj por verki leterojn al siaj amikoj kaj parencoj. Elinjo ĉieis, maleste; la ĉambroj plenis de ŝi, vake.

Pasis preskaŭ unu jaro ekde kiam Alfredo decidis protekti sin kaj prifajfi la ceteran mondon, kaj la decido videble pezis sur li. Liaj okuloj kaviĝis en lia nerazita vizaĝo, lia haŭto senkoloriĝis manke de suno, kaj lia netondita griza hararo pendis el lia kapo, olea kaj glima. Traleginte ĉiujn el siaj libroj jam plurajn fojojn, li ne plu sciis kion fari por senigi sin je tiu prema, sufoka samtageco, kiu sieĝis lin de tiom longe.

Li komencis demandi sin, ĉu valoras la penon resti ankoraŭ hejme. Ĉu ne pli bone gustumi ian liberon ekstere, inter aliaj homoj, ol daŭre sperti solecon endome, inter la samaj kvar muroj? Kial celi al sekureco ĉiel ajn, timante malsaniĝon, kaj rezigni ĉian homan akompanon kaj konsolon?

Li finfine konkludis, ke li ne plu kapablas elteni sian ermitecon, ke li ne povos resti en sia loĝejo eĉ unu plian tagon, akompanate nur de ree tralegitaj libroj, polvokovritaj bretaroj, kaj la memoroj de Elinjo hantantaj ĉiun lian paŝon. Ĉu ŝi volus, ke li velku morne en la ombroj, aŭ ke li floru gaje sub la suno?

Findecidiĝinte, Alfredo tuj komencis plani sian baldaŭan liberon. Li unue celos la etan kafejon, kiun li kaj Elinjo frekventis semajnfine (kie la kelnerino ĉiam sidigis ilin apud la fenestron kaj tre afable babilis kun ili). Poste li vizitos la urban bibliotekon por akiri freŝajn legaĵojn, kaj fine li iros al tiu najbaraĵa parko, kie ili foje promenis duope post la vespermanĝo.

Alfredo ekscitite malfermis la ĉefpordon, kiu, manke de uzo, knaris reziste.

Kiam li elpaŝis eksteren sur la perono, li tuj enspiris la freŝan aeron kaj ĝuis la varman sunon, kiu logis lin pli foren el la domo, liberecen.

Kiam li atingis la trotuaron, tamen, haltigis lin maskita policano, kiu tiumomente patrolis laŭ la strato. "Ho! Sinjoro! Kien vi iras? Ĉu vi ne aŭdis, ke la registaro hieraŭ dekretis trudizoliĝon pro KOVIM-19?"

"Pardonon, sed kio estas tio?" scivolis Alfredo, surprizite.

"Kiel eblas, ke vi ne aŭdis pri KOVIM-19 kaj la tutmonda pandemio?" skeptike rikanis la policano. "Ĉu vi kaŝiĝis sub ŝtono dum la pasinta monato?"

"Fakte, mi estas hejme, ekde kiam mia edzino mortis pro gripo, antaŭ preskaŭ unu jar–"

"Nu, mi bedaŭras pri tio, sinjoro, sed ĝuste nun vi devas reiri hejmen, kaj resti tie ĝis la registaro decidos, ke estos sekure eliri. Reendomiĝu, mi petas." La policano ĝentile, sed neŝanceleble pelis Alfredon reen en la domon, kaj tute malatentante la senesperon en ties okuloj, li aldonis senzorge: "Ĉu ne pli bone hejme?"

Eĉjo, mia feliĉo

*Ricevis honoran mencion en la konkurso
"Esperanto ligas homojn" 2022*

Mia filo Eĉjo estas la plej granda ĝojo, kiun ajna patrino povus deziri. Li estas inteligenta, amema, kaj ankaŭ – kial modesti? – tre ege ĉarma. Ĉiam, kiam li alvenas de la gimnazio, li salutas min per kiseto kaj per dolĉa "Saluton, Panjo!" kaj tuj supreniras al sia ĉambro por fari siajn hejmtaskojn. Li havas antaŭ si brilan estontecon, kaj mi estas fierega esti lia patrino. Li certe iam feliĉigos iun knabinon (aŭ knabon, tio neniel zorgigus min!) kiam li edziĝos, plenkreskinte.

Mi nomis lin "Estunto" ĉar li estas la filo, kiun mi estis havonta kiam mi gravediĝis antaŭ dek kvin jaroj, sed ne sukcese naskis. Kiu povus kulpigi min, se mi elektis bildigi al mi la feliĉon, kiun li estus sendube doninta al mi?

Elemér ripozu pace

*Ricevis la 1-an premion en
la Belartaj Konkursoj 2023, branĉo Prozo*

Elemér sentis sin mortlaca post tagoj plenaj je rajdado kaj monatoj senaj je dormado. La montetoj kiuj disetendiĝis ĝibe tra la kamparo, kvankam ĉarmaj kaj pitoreskaj, penigis la iradon sur la polva vojo. Griziĝantaj, minacaj nuboj kovris la ĉielan volbon, kaj friska venteto antaŭanoncis baldaŭan pluvegon. La malheliĝanta vespero kaj venanta ŝtormo neniel plibonigis la humoron de la juna viro, des pli ĉar la ĉirkaŭaĵoj vigle memorigis lin pri la teruraĵo kiu okazis pasintaŭtune.

Lia laboro devigis lin trazigzagi la landon kaj viziti ĉiajn ĝiajn angulojn por disvendi diversajn varojn. Dum preskaŭ unu jaro Elemér sukcese elpensis pretekstojn por ke lia estro ne revenigu lin ĉi-loken; ĉi-foje, tamen, lia argumentado ne prosperis al li.

En la foro, malantaŭ malalta holmo, li kun ĉagreno ekvidis la siluetojn de etaj lignaj domoj, la unuajn signojn de la vilaĝo, al kiu li zorge evitis reveni. Li preterpasis la konatan duoncirklon de arboj ĉirkaŭ maldensejo kiun borderis akraj ŝtonoj. Ĉu tiuj aspektis al li puncaj pro la ruĝiĝantaj radioj de la subiranta suno? Ĉu temis pri invadanta memoro de kulposento? Ajnokaze, Elemér ne volis resti en loko kiu sentiĝis tiel malbonaŭgura, kaj spronis sian ĉevalon antaŭen.

Timo kaj honto ekregis lin: ĉu iu vilaĝano memoros lin? Ĉu iu nun serĉas lin? Li dubis, sed ajnokaze li havis nenian alian elekton: estis nenia alia vilaĝo proksime, kaj li devis kiel eble plej rapide atingi sekuran lokon por pasigi la nokton, ŝirmita de la venanta ŝtormo.

Post kelkaj minutoj li trovis sin en la ĉefa strato de la vilaĝeto: mallarĝa, kota vojo flankita de etaj lignaj konstruaĵoj en vico. Li rapide preterpasis la ĉardon kiun li vizitis la pasintan jaron kaj post nelonge atingis la gastejon La Diamanto. Ĝi estis la ununura duetaĝa konstruaĵo en la ĉirkaŭaĵo, blanke farbita kaj bone prizorgita, kio elstarigis ĝin disde la iom kadukaj kaj polvokovritaj apudaj vendejoj kaj domoj.

Elemér desaltis de sia ĉevalo, ligis ĝin al tiucela fosto antaŭ la enirejo, kaj malfermis la pezan lignan pordon de la gastejo. La ĉambro kiu atendis lin ene estis rustike dekoraciita per ĉaspafiloj kaj remburitaj ĉasaĵoj pendantaj sur la muroj. Estis kelkaj tabloj en la eta manĝosalono, ĉiuj nun malplenaj.

Li sidiĝis ĉe angulo, kaj baldaŭ aliris lin junulino kiu salutis lin varme kaj proponis al li manĝaĵon. Kiam li informis ŝin, ke li ŝatus ankaŭ gasti tie tiun nokton, ŝi diris, ke ŝi tuj venigos la gastejestron, kaj malaperis en la kuirejon.

Post nelonge aliris lin alta, fortika, mezaĝa viro, kiu observis Elemér per akra rigardo antaŭ ol saluti lin. "Bonvenon en La Diamanto, sinjoro. Mi nomiĝas László. Vi volas gasti ĉe ni ĉinokte, ĉu?"

"Jes, certe! Mi vere tre malbone dormas lastatempe kaj ne multe gravas al mi kie mi *ne* fermos okulon la tutan nokton... sed ŝtormo venas, kaj miaj varoj ne malsekiĝu kaj difektiĝu."

La gastejestro diris-demandis: "Do, vi estas vendisto...?"

"Ho, jes!" vigliĝis Elemér, aldonante kun fimemfida larĝa rideto: "Kaj la plej bona en la lando! Mi certas, ke mi forvendos ĉiujn el miaj varoj antaŭ ol mi devos reveni hejmen!"

La mezaĝulo milde riproĉis lin: "Atentu, sinjoro, ĉar Fortuno malofte ridetas–"

"Al tiuj, kiuj ridetas al si... jes, jes, mi scias", la pli juna viro finis la frazon bonhumore.

László iomete sulkis la brovojn, kaj demandis: "Ĉu la unuan fojon vi vizitas nin, sinjoro...?"

"Jes, la unuan fojon", Elemér facile mensogis.

"Ha, en ordo... Nu, oni tuj venigos vian vespermanĝon: mi certas, ke vi ĝuos ĝin." Li reiris en la kuirejon kaj, kiel promesite, post nelonge la junulino surtabligis manĝilaron, glason da vino kaj bovlon kun vaporanta supo.

Elemér, same malsata kiel laca, rapide komencis manĝi. "La gusto estas iom stranga, eĉ amara", li pensis, gustuminte ĝin, "sed malsatulo ne plendu!" Finmanĝinte, tamen, li eksentis, ke lia stomako doloris al li. "Kio diable enestis en tiu supo?" li scivolis.

Subite li rimarkis, ke lia gastiganto estis en la malantaŭo de la ĉambro kaj fiksrigardis lin strangmiene. "Kio estas al li...?" Elemér demandis sin, suspekteme. "Ĉu li rekonis min? Ho! Ĉu eble li estis en la ĉardo pasintjare...?"

Tiam li memoris.

Li memoris, ke li senpripense ripetis ion, kio eble perfidis lin – ion, kion li aŭdis antaŭ unu jaro, ne tre for de tie...

———————

Kiam Elemér vizitis tiun vilaĝon pasintaŭtune, li ankoraŭ tre bone dormis ĉiunokte, kaj anstataŭ minacanta fulmotondro, bonvenigis lin agrabla, helsuna vetero. Alproksimiĝante al la vilaĝo li eĉ rimarkis duoncirklon de arboj ĉirkaŭ maldensejo, taŭgan por komforta bivako: li eĉ ne bezonos pagi por gastejo tiunokte.

Li do malrapide laŭiris la centran vojon de la vilaĝo, haltante ĉe diversaj vendejoj por proponi siajn varojn, kaj sufiĉe sukcese disvendis ilin. Laca sed feliĉa (kaj plenpoŝa!) post tuttaga deĵorado, tiun vesperon li eniris ĉardon kie aro da diboĉuloj vetludis laŭte, bieron enmane.

Elemér aliris ilian tablon. "Bonan vesperon, sinjoroj! Ĉu pokeron vi ludas ĉi-nokte? Mi volonte aliĝus, se vi ne kontraŭas..."

"Se vi havas monon kiun mi povos facile eltiri el vi, sinjoro, vi estos tre bonvena!" ŝerce diris grasa rufulo, kaj alproksimigis vakan seĝon al la tablo. "Cetere, ni bezonas novan viktimon, ĉar ni jam preskaŭ senmonigis la kompatindan István", li aldonis moke, fingromontrante al pala, maldika dudekjarulo kiu sidis antaŭ tre malalta stako da moneroj.

La vendisto do gaje aniĝis al la rondo. Pro lia tutlanda rondirado li akiris la lerton eltiri el ebriaj kamparanoj eĉ la lastan groŝon. Ĉi-foje estis nenia escepto: post kelkaj ludoj (kaj multe da bieroj), li sukcesis arigi antaŭ si belan moner-monteton, dum liaj kunludantoj des pli malriĉiĝis ju pli ili malsobriĝis.

Ankaŭ la juna István, kiu tamen trinkis eĉ ne unu guton da biero, estis jam perdinta sian lastan moneron. Kiam estis lia vico veti, li diris mallaŭte kaj hontoplene: "Mi trovas min iom senmona, sinjoro. Kion mi tamen povus proponi al vi por daŭrigi la ludon...?"

Elemér, ebria tiom je biero kiom je sukceso, rigardis la junulon de la verto ĝis la plandoj kaj diris senzorge: "Krio pi- kio pri tiu be- bela kaŝt- kaŝtorfela ĉapelo, kiun vi ŝurhavaŝ? Vintro alporkŝim- alprokmiŝi- venaŝ, kaj mi ja ŝa- ŝataŝ miajn orelojn var- varmaj!"

"Sed sinjoro..." István komencis timide, sed haltigis sin, ne volante plu humiligi sin. "Nu, en ordo. Tion mi vetas."

"Tion do vi cer– vi certe perdoŝ!" Elemér ŝercis kun petola rideto.

"Atentu, sinjoro," diris la junulo, "ĉar Fortuno malofte ridetas al tiuj, kiuj ridetas al si." Li rivelis siajn kartojn, kaj atentoplene atendis, ke Elemér vidigu la siajn.

"Ha! Jen tre be– tre bela diraĵo, junulo! Ŝed ŝaj– ŝajnaŝ, tamen, ke ĉi-foje Fortu– Fortuno ja denove redi– ridetiŝ al mi!" Elemér kriis triumfe, montrante siajn superajn kartojn.

Je la ridoj kaj mokoj de la aliaj ebriuloj, István triste forprenis sian ĉapelon, rigardis ĝin sopire unu lastan fojon, kaj transdonis ĝin al la tromemfida gajninto.

"Nu, mi kre– mi kredaŝ, ke je tio, mi farlo– forlaŝoŝ vin, miaj amik– amikoj!" Elemér sukcesis elbalbuti antaŭ ol ŝanceliĝe stariĝi kaj elstumbli el la ejo.

Malgraŭa sia ebrio, li sukcesis reveni al la maldensejo kie li pretis bivaki tiun nokton. Li estis liganta sian ĉevalon al arbo, kiam li aŭdis la krakadon de branĉoj malantaŭ si. "Kiu eŝ– eŝtaŝ tie?" li kriis surprizite.

"Ne timu, sinjoro, estas nur mi", pacige diris István, elpaŝante el malantaŭ arbo. "Mi simple... nu, mi simple scivolis, ĉu estus eble, iel ricevi mian ĉapelon..."

"Ki– kio? Ne!" ŝokite replikis Elemér. "Mi gaj– mi gajniŝ ĝin!"

"Jes, kompreneble", konsentis la juna viro, alproksimiĝante al la ebriulo. "Tamen, mi certe povus trovi alian manieron kompensi vin. Komprenu, sinjoro, ke ĝin donis al mi mia forpasinta patri–"

"Tio eŝtaŝ al mi elag– egale! Ĝi eŝtaŝ mi– ĝi eŝtaŝ mia! For al vi!" la vendisto kriis, kaj mallerte puŝis István malantaŭen.

Tiu, eĉ pli mallerte, stumblis, turniĝis kaj falis, frapante sian frunton kontraŭ unu el la akraj ŝtonoj kiuj ĉirkaŭis la maldensejon.

Sango tuj elverŝiĝis el la kapo de István kiel vino el spilita barelo, punce kolorigante la ŝtonojn. Elemér tuj aliris la junulon, kiu, post mallongaj konvulsioj, kuŝis tute senmova kaj silenta. Elemér turnis István, frapetis liajn vangojn, skuetis lian maldikan korpon... sed Elemér sukcesis nur ruĝigi siajn manojn.

Lia koro neniam antaŭe entenis tiom da teruro. Li gapis antaŭ la kadavro, tremante kiel folio. Ebrion anstataŭis paniko. "Kion mi faru? Homoj pensos, ke mi mortigis István! Ĉu mi menciis mian nomon en la ĉardo? Verŝajne ne, sed eble. Kial resti por ekscii?"

Li haste faris decidon: li iros for. Kiel eble plej for. Tuj. Kaj li neniam revenos.

———————————

Elemér rimarkis, ke László alproksimiĝas al lia tablo, kaj sentis sin ŝtoniĝi pro timo.

"Ĉu vi ŝatis la supon, sinjoro? Ĝi estas nia specialaĵo."

"Je– jes, ĝi estis t– tre bon– bongusta", li elbuŝigis.

La gastejestro sidiĝis ĉe la tablo, ne atendante inviton. "Ĉu vi ne taksis ĝin iom... amara...?"

La koro de Elemér bategis enorele. Frenezaj pensoj invadis lian cerbon: "Mia Dio! Kion li faris? Ĉu li enmetis ion en la supon...?!"

"Temas pri speciala herbo, kiu kreskas nur en la ĉirkaŭaĵoj", klarigis László. "Por ni lokanoj ĝi estas nepra ingredienco en supoj, sed mi supozas, ke por vi eksteruloj ĝi estas tro amara, ĉu ne?"

La teruro forprenis la parolkapablon de Elemér, do li simple kapjesis.

"Mia filo tre ege ŝatis tian supon. Mia filo István. Eble vi konis lin? Vi ja konas lian plej ŝatatan diraĵon..."

La gorĝo de Elemér estis dezerte seka. Ĉia guto de sango malaperis el lia vizaĝo. "K– kio...?" li balbutis.

"Vi finis tiun diraĵon pri Fortuno, kiun li elpensis mem, kaj ofte diradis: mi neniam aŭdis ĝin de ies ajn buŝo krom la lia. Tamen, vi diris, ke vi neniam antaŭe estis ĉi tie..." László rimarkigis kalme, kaj fiksrigardis lin signofoplene.

Elemér glutis iom da vino por malsekigi la gorĝon, provante rehavigi al si la parolkapablon. "M– mi... mi ne scias kion diri al vi, sinjoro! Kiel mi povus eĉ provi senkulpigi min!" li kriis malsekokule. "Ja temis pri akcidento, kaj mi estis ebria tiuvespere, sed tio apenaŭ gravas... Mi ja tiom bedaŭras mian agon! Mi estas malkuraĝulo! Mi meritas nenies pardonon!"

Elemér metis la kapon inter la brakoj kaj kuŝis tie, sur la tablo, elegante korskuajn ĝemojn. László atendis, trankvila kiel ĉiam, ĝis la vendisto ĉesis plorsingulti.

"Mi scias, ke mia sango devus boli", la patro diris kviete, "ke mi devus voli venĝi mian filon ĉiel ajn... ke mi devus postkuri vin per ĉaspafilo..."

Je tio, Elemér levis la kapon, memorante la ĉasaĵojn pendantajn sur la muroj, kaj timoplene rigardis en la okulojn la patron kiun li ekspatrigis.

"Sed mi havas por vi nenian malamon, sinjoro. Eble mi ja havus, kiam mi estis pli juna... sed ne post kiam mi konis mian Zsófia – ŝi ripozu pace. Ŝi havis amon por ĉiuj, ĉiam, ĉiel – eĉ por mi, kiam mi apenaŭ meritis ĝin. 'Dio amas ĉiujn,' ŝi kutimis diri al mi, 'aparte tiujn, kiuj ne kredas meriti tion'. Post kiam oni trovis István, mi dronis en tristo, en kolero, en biero... sed kiam mi pensis pri mia Zsófia, mi sciis, ke ŝi volus, ke mi trovu la viron, kiu mortigis nian István... por ke li sciu, ke ni pardonas lin."

Elemér gapis, senmove, senvorte, senkonsile.

"Jes, sinjoro. Mi pardonas vin. Mi ne scias, ĉu vi dum la jaro eĉ pensis pri tio, kion vi faris–"

"Ho, kompreneble jes! La tutan jaron mi eĉ ne unu nokton tradormis!" Elemér haste enmetis.

"Sed ajnokaze," László daŭrigis kvazaŭ la pli juna viro estus dirinta nenion, "sciu, ke miaflanke estas nenia rankoro por vi. Endormiĝonte ĉi-nokte, sciu, ke la gepatroj de tiu, kiun vi mortigis, pardonas vin." Li leviĝis el la tablo sen plia vorto, postlasis ŝlosilon sur la tablo, kaj foriris en la kuirejon.

Elemér kaŝis sian vizaĝon per la manoj kaj rekomencis laŭte ploregi – ĉu pro honto, ĉu pro senŝarĝiĝo, eĉ li ne sciis.

Tamen, tiuvespere, kiam li supreniris al sia ĉambro en la gastejo La Diamanto, li tuj endormiĝis, kaj profunde ripozis, finfine, la tutan nokton.

Matĉjo iĝis Sinjoro Dobroz

Ricevis honoran mencion en
la Belartaj Konkursoj 2023, branĉo Prozo

Mateo Dobroz (aŭ "Sinjoro Dobroz", kiel li preferis, ke oni nomu lin) eliris el sia oficejo akurate je la sesa kaj duono vespere. Kiel kutime, li estis la lasta el sia teamo en la laborejo: li ne permesis al si reveni hejmen ĝis ĉiu tiu-taga tasko estis finplenumita (malkiel liaj senzorgaj, fuŝemaj kunlaborantoj!). Ĉio sur lia skribotablo estis bonorde aranĝita; ĉiu dokumento estis zorge remetita en la taŭgan dosierujon; ĉiu tirkesto estis ŝlosita.

Li alpaŝis la bushaltejon ekzakte je la sesa kaj kvardek, ĉar lia buso devus alveni je la sesa kaj kvardek kvin. Kompreneble, ĝi ofte malfruis je kelkaj minutoj, kio tre ĝenis Mateon: busoj alvenu akurate kaj laŭplane! Hodiaŭ ne estis escepto, kaj la buso atendigis Mateon ses tutajn minutojn: nekredeble!

Alveninte hejmen – kaj ankoraŭ iom ĉagrenita pro la busa malfruo – Mateo zorge malnodis kaj remetis sian kravaton en tirkeston, forprenis sian jakon kaj pendigis ĝin en la vestoŝranko, kaj demetis sian pantalonon kaj gladis ĝin. Ĉio jam ordigite, li permesis al si iri en la kuirejon por preni bieron el la fridujo.

Tuj kiam li sidiĝis en sia fotelo por spekti ekzakte tridek minutojn da televido, blindiga lumo heligis la salonon, kaj pintĉapela sorĉisto aperis el nenie. "Gratulon, Matĉjo!" li kriis grandioze. "Estas mia honoro diri al vi, ke vi estas la gajninto de la konkurso 'Sorĉisto dum Unu Tago'! Mi scias, ke vi sendis al ni vian konkursaĵon kiam vi estis nur dekjaraĝa, sed nu, estas multe da tiaj petoj, kaj ni laboras kiel eble plej rapide!"

Ankoraŭ iom blindigita kaj ŝokita, Mateo diris: "Unue, mi estas Sinjoro Dobroz, ne 'Matĉjo': mi ja ne estas bubo. Due, mi apenaŭ memoras esti sendinta tiun konkursaĵon. Ĉu vere mi havos magiajn povojn dum unu tago?"

"Jes, jes, kompreneble! Jen por vi," diris la sorĉisto, metante pintan ĉapelon sur la kapon de Mateo, "kaj mi revenos morgaŭ por rehavi ĝin. Gratulon denove, kaj ĝuu!" li ekkriis, kaj malaperis.

Unue Mateo ne sciis, kion li faru per siaj novaj povoj, sed li tuj ekhavis la ideon, ke li ŝatus ekhavi pli grandan televidaparaton. Tuj, grandega televidilo anstataŭis tiun, kiun li havis! Ekscitite, Mateo nun faris tiel, ke ĉiuj el liaj havaĵoj estu pli luksaj ol antaŭe.

La sekvan tagon en la oficejo, li laborigis la magian ĉapelon kiel eble plej multe: lia estro promociis lin kaj altigis lian salajron. Ĉiuj el liaj kunlaborantoj laboris same zorge kiel li, kaj restis en la oficejo same malfrue kiel li. Lia buso alvenis akurate je la sesa kaj kvardek kvin. Kiam li alvenis hejmen, liaj vestaĵoj memstare aranĝiĝis en la ĝustan lokon, kaj malvarma biero atendis lin antaŭ lia grandega televidilo.

Subite, la sorĉisto aperis. "Mi esperas, ke vi ĝuis vian premion, Matĉ– pardonon! Sinjoro Dobroz! Nu, mi forprenos nun la magian ĉapelon, sed jen por vi la letero kiun vi sendis al ni kiel konkursaĵon antaŭ dudek jaroj. Ĝis!" Kaj tion dirinte, li malaperigis sin el la ĉambro.

Denove sola, Mateo legis tion, kion lia dekjara memo skribis: "Se mi estus sorĉisto dum unu tago, mi ĉesigus ĉiun militon. Mi donus manĝaĵojn al tiuj, kiuj malsatas, kaj domon al tiuj, kiuj dormas ekstere. Mi kuracus ĉiun malsanon. Ho, kaj mi donus hundidon al mia fratino: ŝi vere volas hundidon!"

Sinjoro Dobroz hontis, kaj ploris.

La babaŝa preĝkolĉeno

*Ricevis la 1-an premion en la
Interkultura Novelo-Konkurso 2023, kategorio sperta*

Iu frapis je la pordo de la dormoĉambro.

"Ĉu ni rajtas eniri, Panjo?" susuris ekstere du etaj voĉoj, ĥore. Klaŭdia ĝis tiam trankvile legis enlite apud la edzo, kiu daŭre dormis; eĉ ne la tri hundetoj kiuj ronkis en la angulo ŝajnis vekiĝi. Ŝi suspiris, kaj respondis: "Nu, en ordo... envenu."

La pordo malfermiĝis kviete, kaj envenis knabo kaj knabino, kiuj lerte surgrimpis la liton je la patrina flanko, neniel ĝenante la patron aŭ la hundojn.

"Mi ne povas bone dormi, Panjo", plendis la brunharulineto.

"Ankaŭ mi ne", konsentis la knabo. "Ĉu vi povas rakonti al ni unu el viaj historioj de la Antaŭaj Tempoj?" li demandis, celante la tempon antaŭ la Trijara Milito, kiam, laŭ la patrino, "la tuta lando ŝajne freneziĝis de unu tago al la alia."

"Jes!" vigliĝis la etulino. "Kio pri la rakonto pri kiel vi ekhavis niajn hundojn, malgraŭ tio, ke vi ne volis havi dorlotbestojn?" ŝi demandis, fingromontrante al la eta monto de tri vilaj estaĵoj en la angulo, kies kapetoj apenaŭ vidiĝis sub verda litotuko.

"Jes! Tiun, tiun!" tutkore konsentis ŝia frato.

La patrino denove suspiris, sed ridetante diris: "En ordo... Sed ni ne parolu tro laŭte, kaj poste vi tuj enlitiĝos, ĉu konsentite?" La du infanoj kapjesis sincere, kaj ŝi komencis rakonti jene (nu, eble ne laŭvorte...).

En la Antaŭaj Tempoj mi estis fraŭlino – tio signifas, ke mi ankoraŭ ne konis Paĉjon – kaj mi loĝis sola en eta apartamento. La Trijara Milito ankoraŭ ne estiĝis, sed nia lando jam komencis iom post iom freneziĝi.

Kiel mi klarigu? Nu, iuj homoj kredis – mi eĉ ne povas kompreni kial! – ke kelkaj homoj en la lando, nomataj *babaŝoj*, valoras malpli ol aliaj; ke ili venigas ĉiun malbonon; kaj ke ili estas nedezireblaj kaj forpelendaj. Kia malsaĝaĵo! Sed tamen, estis tiel.

Kaj la plej malbona afero estis tio, ke la prezidento – la homo kiu regis la landon kaj supozeble volis, ke ĉiu loĝanto estu sekura – estis unu el tiuj homoj. Do, ajna persono kiu aŭ laŭ deveno mem estis babaŝo, aŭ eĉ havis ligojn kun babaŝoj, povus esti subite arestita senkiale kaj malaperigita kiu scias kien. Terure, ĉu ne?

Do, iun vesperon mi entrajniĝis por iri de la ĉefurbo al la vilaĝo kie loĝis iuj el miaj familianoj, ĉar tie estis ĝenerale pli sekure. Ĉar vidu, mi mem ne estas babaŝo, nek mia familio; sed Oĥalka, la virino kiu prizorgis min kiam mi estis infano, ja estis babaŝo.

Mi treege amis Oĥalkan, kvazaŭ ŝi estus mia propra patrino: mi lernis junaĝe, ke la amo, same kiel ĉio valora en ni, ne venas en la sango, sed en la spirito. Miaj familianoj timis, ke se homoj en la urbo ekscius pri ŝi, mi povus esti arestita, do ili sendis al mi trajnbileton por nokta trajno kiu venigos min ĉe ilin.

Mi havis kun mi ununuran valizon, kaj pro tio, ke mi vojaĝis sola, mi serĉis kupeon kiun mi povus dividi kun alia virino. Kiam la trajno jam komencis lante forlasi la stacion, mi trovis kupeon en kiu sidis virino pli-malpli miaaĝa, do mi malfermis la pordon, salutis kaj eniris.

Sidiĝinte, mi rimarkis, ke sur la planko, inter la du vizaĝ-alvizaĝaj benkoj, kuŝis granda korbo en kiu, sub verda litotuko, mi povis vidi tri dormantajn kapetojn – kiujn vi bone konas! – kio videble surprizis min.

"Ho, mi bedaŭras", diris la virino. "Ili ne ĝenos vin, mi esperas...?"

"Ne, kvankam mi vere ne ŝatas dorlotbestojn", mi respondis facile kaj senpripense, kiel mi sendube jam respondis multajn fojojn antaŭe. La virino malfermis la okulojn, verŝajne surprizita aŭ eĉ ofendita, kaj mi rapide senkulpigis min: "Ho, pardonon! Mi kompreneble havas nenion kontraŭ ili! Mi simple mem ne aparte..."

"Ne zorgu, ne zorgu", la virino ridetis kaj trankviligis min per mangesto. "Mi komprenas: ili ja estas bruaj kaj malpurigaj; ne ĉiuj volas tioman respondecon."

Mi mem ridetis, kaj etendis mian manon, preta forlasi la temon: "Mi estas Klaŭdia."

"Kaj mi Ĥe– Ĵulia", ŝi diris, rapide memkorektante sin, kaj premis mian manon. "Kien vi iras ĉi-nokte?" ŝi rapide demandis.

"Ĝis Lozebo, kie loĝas la familio de mia patro."

"Ha, tre bela loko! Mi iam vizitis ĝin en mia junaĝo. Mi memoras, ke estas rivero kun tre bela kajo kun apudaj budetoj, kie oni vendas manĝaĵojn, trinkaĵojn, kaj homoj ludas muzikon vespere."

"Jes, prave! Ĝi nomiĝas la Dektraba Kajo!" mi aldonis ekscitite. "Mi havas tiom da belegaj memoraĵoj pri ĝi, kiam mi somerumis en Lozebo. Kia koincido! Kiam vi pasigis tempon tie?"

"Ho, mi ne memoras ekzakte pri kiu jaro temis. Mi tamen certe ne pasigis multe da tempo tie: mia familio transloĝiĝis multon kiam mi estis knabino." Ŝi haltigis sin, kvazaŭ ŝi volus diri ion pli prie, sed anstataŭe ŝi ŝanĝis la temon. "Estas bone, ke vi eniris mian kupeon! Estas iom timige vojaĝi sola kiel neakompanata virino, aparte nuntempe."

"Jes, prave! Mi konfesu, ke tial mi decidis sidiĝi ĉi tien kun vi."

Mi kliniĝis antaŭen por meti mian valizon sub mian benkon, kaj tiam Ĵulia diris ion, kio frostigis mian sangon: "Ĉu... ĉu tio estas babaŝa preĝkolĉeno?"

Ŝi demandis tiel malaltvoĉe, tiel flustre, ke mi scivolis, ĉu mi imagis la demandon, sed ajnokaze mi ne povis ne instinkte meti la manon sur la kolon por eksci ĉu vere mi surhavas mian kolĉenon; trovinte ĝin tie, mi kaŝis ĝin kiel eble plej rapide sub mian bluzon.

Mi rektiĝis en la seĝo kaj klarigis tuj, serioze kaj aferece: "Mi ne scias pri kio vi parolas, fraŭlino: mi ne estas babaŝo."

Infanoj, komprenu, ke nun mi hontas pri tia reago. Sed memoru, ke tiuepoke oni povus esti facile subaŭskultita kaj denuncita – tio signifas, akuzita – al la polico. Jen mi, kiu postlasis mian vivon por eskapi ĝuste ĉi tiajn akuzojn, kaj subite alfrontis ilin en la buŝo de fremdulo.

"Mi komprenas", ŝi diris post nelonge, sentinte mian malkomforton. "Eble mi eraris: mi pardonpetas."

Mi simple kapjesis, rigardis flanken, kaj laŭte silentis el mia duono de la kupeo.

"Ĉu vi estas preĝema?" ŝi subite demandis al mi el nenie, kvazaŭ tio estus tute normala demando por fari al nekonato.

Mi rigardis ŝin iom malcerte, sed mi ne povis mensogi: "Nu, jes..."

"Kiam mi estis infano, mia avino instruis al mi mallongan preĝon, kiun mi eĉ hodiaŭ uzas kiam mi sentas min sola. Ĝi jenas: 'Estu benataj miaj antaŭuloj, kiuj naskis min, por ke mi vivu;

estu benataj miaj samtempuloj, kiuj edukas min, por ke mi floru; kaj estu benataj miaj posteuloj, kiuj memoros min, por ke mi daǔru.' Bele, ĉu ne?"

Mi sentis grandan frostotremon kaj ne sciis tuj kion respondi. Mi kompreneble tute bone rekonis tiun babaŝan preĝon: temis pri tiu, kiun Oĥalka instruis al mi kiam mi estis tre juna; tiu, kiun ni kunpreĝis ĉiunokte kiam mia patrino kuŝis malsana dum jaroj; tiu, kiun la tuta familianaro preĝis super ŝia ĉerko post kiam ŝi mortis. Kaj tiam, kiel jama plenkreskulo, mi ankoraǔ mallaǔte preĝis ĝin antaǔ ol enlitiĝi, uzante la babaŝan preĝkolĉenon kiun Oĥalka donacis al mi. Eble tial mi ankoraǔ surhavis ĝin: mi preĝis tiun vesperon antaǔ ol foriri, kaj forgesis demeti ĝin kaj kaŝi ĝin en mian valizon.

Mi ekkonsciis al kia danĝero mia kunkupeanino elmetis sin: kvankam la Preĝo de Dankemo ne estas vaste konata ekster la babaŝa komunumo, mi neniel dubis, ke aliaj *bilĥoj* – alivorte, homoj kiuj ne estas babaŝoj – konas ĝin, kaj povus uzi ĝin kiel kaptilon. Do, la fakto, ke Ĵulia malferme konfesis, ke ŝia avino instruis ĝin al ŝi, estis mem tre danĝera por ŝi.

"Do vi... vi estas babaŝo...?" mi demandis, malcerte.

"La bona Dio tiel benis min", ŝi respondis, laǔ la tradicia diraĵo. "Tial mi povas bone rekoni preĝkolĉenojn..."

Mi instinkte denove kovris la kolon per la mano, sed poste mi senstreĉiĝis kaj mallevis ĝin. "Mi... mi tamen ne mensogis al vi: mi ne estas babaŝo..."

"Kaj la kolĉeno...?"

"Iu al mi tre kara donacis ĝin al mi", mi replikis simple, kaj ĵetis rapidan rigardon al la pordo por certiĝi, ke ĝi estas bone fermita, kaj ke neniu gvatas aǔ subaǔskultas de ekstere. "Sed mi ne estas babaŝo."

"En ordo, en ordo", ŝi diris, kvietige. "La bona Dio ne tiel benis ĉiujn, mi supozas", ŝi aldonis, kun iom petola, konspira rideto.

Mi tuj sentis kreskantan admiron al ĉi tiu fremdulino, kiu tiel kuraĝe kaj fiere senvualigis sin antaŭ nekonato, eble koste de la propra vivo. Eble ŝi intuiciis ion en mi, kio inspiris en ŝi konfidon kaj sekurecon.

"Do, sendube vi volos iom dormi", ŝi diris. "Mi ne detenu vin. Kaj ne zorgu: ankaŭ miaj bestetoj silentos kaj dormos almenaŭ unu plian horon."

Mi ridetis, danka pro la komplezo, kaj fermis la okulojn por kelkaj minutoj. Mi sentis la vagonaron malrapidiĝi pli kaj pli – sendube ni jam atingis la venontan haltejon – kaj poste mi aŭdis ŝin diri al si, laŭ maniero kiu glaciigis mian koron: "Ho ve... Ili trovis min..."

Ŝi estis rigardanta eksteren tra la fenestro de la kupeo en la malluman peronon de la haltejo, kaj sekvante ŝiajn okulojn mi vidis aron da policanoj kiuj montris foton al la konduktoro, kiu fingromontris niadirekten.

Ĵulia kaj mi rigardis unu la alian, terurite, dum ni aŭdis en la foro pezajn botojn surirantajn la ŝtuparon de nia vagono, kiuj alproksimiĝis nehaltigeble.

"Klaŭdia", ŝi diris, rigardante min rekte en la okulojn. "Ne zorgu: ili serĉas nur min, ne vin. Mi diros nenion." Poste, ŝi ĵetis rigardon malsupren al la tri estaĵoj kiuj ankoraŭ pace dormis en la korbo, feliĉe sensciaj pri la teruraĵoj kiujn homoj faras unuj al la aliaj, kaj ŝiaj okuloj ekpleniĝis je larmoj kiam ŝi diris: "Mi scias, ke mi havas nenian rajton peti ĉi tion al vi, sed... Ĉu vi bonvolus prizorgi ilin? Vi scias, ke kien mi iras, ili certe..."

"Jes, jes, kompreneble", mi konsentis, preta iel ajn helpi tiun fremdulinon kiu ial, post tiom malmulte da tempo, vekis en mi korinklinon kaj respekton.

La pordo de la kupeo knaris grince kiam alta policano, sekvate de aliaj du, ŝovis ĝin flanken. Li rigardis rekte al Ĵulia kaj diris: "Ĥelka Veĥalik. Vi venos kun mi." Lia elparolo estis neŝancelebla: ne temis pri ordono, sed simpla deklaro pri la faktoj.

Ŝi stariĝis malrapide, malcerte; li bruske ekkaptis ŝian brakon kaj suprentiris ŝin. Nur tiam li ŝajnis rimarki mian ĉeeston, kaj ankoraŭ rigardante Ĵulian – nu, Ĥelkan – demandis al ŝi: "Ĉu via kunulino?"

Ĥelka sen ajna malcerteco elsputis kun rikano: "Tiu abomena *bilĥo*? Pa! Ŝi pasigis la tutan tempon parolante pri kiel la lando estos denove glora nur kiam ĉiu babaŝo estos for."

"Kaj tiuj?" la policano demandis, gestante per la kapo al la korbo.

"Ili estas miaj", mi rapide aldonis, stariĝante. "Kaj se vi volos fari al mi komplezon, oficiro, ju pli rapide vi forprenos tiun malpuran *babaĉon* de ĉi tie, des pli bone!"

Miaj vortoj pikis mian koron: mi tuj malamis min pro tio, ke mi povis eĉ elbuŝigi ilin, eĉ se ili nepris. Hontigite, mi esploris la reagon de Ĥelka; anstataŭ malamon, mi trovis en ŝiaj okuloj komprenemon kaj dankemon.

"Viajn dokumentojn", la policisto diris al mi, finfine rigardante min en la okulojn; denove, ne temis pri peto.

Mi genuiĝis por trovi mian identigilon en la valizo – singarda neniel vidigi la kolĉenon kiun mi ankoraŭ surhavis – kaj donis la plurpaĝan dokumenton al li. Li studis mian foton en la unua paĝo, studis mian vizaĝon, kontrolis kelkajn postajn paĝojn, kaj senzorge ĵetis la identigilon sur mian benkon.

"Ni iru", li diris simple al siaj kunuloj, kaj malĝentile tiris Ĥelkan malantaŭ si. Mi aŭdis la samajn bruajn botojn malsupreniri laŭ la ŝtuparo de la vagono, kaj tra la fenestro de la kupeo mi vidis la policanojn trenantajn ŝin trairi la kajon kaj malaperi en la noktan mallumon. Ŝi ne rerigardis, kaj mi neniam vidis ŝin denove.

Kaj jen kiel mi, kiu ĉiam diris, ke mi ne volas havi dorlotbestojn, finfine ekhavis tri samtempe!

Finaŭskultinte la rakonton, la knabino demandis: "Kio okazis poste al Ĥelka?"

"Mi ne scias, karulino. Espereble nenio malbona."

Subite, alia knabo envenis la ĉambron. "Panjo, mi ne povas dormi: ĉu vi povas...?"

"Ne, ne!" diris Klaŭdia, afable forpelante la tri sepjarulojn el la ĉambro. "Malfruas jam: enlitiĝu! Diru viajn preĝojn kaj mi iros kisi vin poste."

Kiam la trinaskitoj foriris senproteste, la patro demandis mallaŭte: "Kiam vi finfine diros al ili, ke en la korbo ne estis tri hundoj, sed..."

"Ankoraŭ ne", diris la patrino. "Ankoraŭ ne..."

Fajrobirdo

*Ricevis la 3-an premion en EKRA (literatura konkurso D-ro Ivan Kirĉev) 2023, branĉo Humuro

La majesta fajrobirdo flugis alte en la ĉielo.

"Ho, fajrobirda moŝto!" petegis kamparano kiu vidis ĝin. "Ni malvarmas, kaj vintro venas. Ĉu vi bonvolus regali nin per via varmo? En nia domo bruliĝu fajro."

La mita estaĵo jesis, faligante flamantan plumon rekte en la kamentubon de la kamparano, kiu ĝojis danke.

Vidinte la okazintaĵon, iu najbaro kriaĉis siavice: "Hej! Birdo! Ankaŭ mian domon bruligu fajro!"

La besto faligis unu el siaj flamantaj plumoj rekte sur la pajlan tegmenton de la najbaro, kaj la domo baldaŭ cindriĝis.

"Nu, ekde hodiaŭ li memoros kiel uzi *-ig-* kaj *-iĝ-*", kontente pensis la fajrobirdo.

La Fina Venko

Ricevis la 3-an premion en EKRA (literatura konkurso D-ro Ivan Kirĉev) 2023, branĉo Humuro

"Ĝi neniam alvenos!" ekkriis Georgo, energie pugnante la tablon de la klubejo, kaj ŝokante la aliajn naŭ ĉeestantojn de la tiuvespera renkontiĝo de la Milana Esperanto-Societo. Vejno en lia frunto tremetis – kiel okazis ĉiam kiam li ekscitiĝis – kaj liaj blugrizaj okuloj elĵetis fajrerojn. Neniu en lia universitato – neniu ekster la klubo, fakte – iam supozus ke la alta, maldika rufulo – kutime mildvoĉa kaj neasertema – povus tiel pasie paroli pri io ajn.

"Nu, se Esperantistoj daŭre havas tian sintenon, estas mem" kompreneble, ke la Fina Venko ĉiam restos nur revo", flegme rebatis Karlo, la prezidanto de la klubo. La mezaĝa kalvulo senĝene kliniĝis malantaŭen en sia seĝo, kiel li kutimis fari antaŭ ol komenci pedante prelegi. "Sed, se ni fosas nian sulkon, kaj kiel guto malgranda, konstante frapante, ni iras la vojon celit–"

"Ho, ĉesu!" moke ridis Georgo, la vicprezidanto de la societo. "Ni ĉiuj scias, ke vi legis la tutan verkaron de Zamenhof: ne sentu vin devigata elmontri tion en ĉiu renkontiĝo!"

Senatente al la rikanado de la alia klubano, Karlo trankvile daŭrigis sian argumentadon: "La Fina Venko certe ne alvenos hodiaŭ aŭ morgaŭ, sed kial ne iam? Nun la registaroj de la mondo havas nenian bezonon igi Esperanton la tutmonda interkomprenigilo, ĉar la angla plenumas tiun rolon, kaj la edukitaj homoj de ĉiu lando jam lernas tiun lingvon. Sed kio okazos, kiam Ĉinujo iĝos pli grava mondpotenco ol Usono, ekzemple? Ĉu la tuta mondo eklernu la ĉinan?"

"Ba! Tio neniam okazos", Georgo diris, forbalaante la argumenton per mangesto. "Kaj se estonte Ĉinio ja iĝos la plej grava mondpotenco, jes, mi supozas, ke la tiamaj edukitaj homoj lernos la ĉinan, samkiel hodiaŭ ili lernas la anglan, kaj siatempe la francan, aŭ Latinon, ktp, ktp..."

"Kio do estu Esperanto?" demandis Karlo, ne nur al Georgo, sed ankaŭ al la aliaj kunklubanoj ĉirkaŭ la tablo, kiuj emis laŭte silenti dum la oftaj diskutoj inter la du estraranoj.

"Ĝi estu komunikilo, certe", respondis Georgo, arogante al si denove la parolvicon. "Sed ĝi estu memelektita, tiel ke 'esti Esperantisto' ankoraŭ havu apartan signifon. Kio estos do 'Esperantisto,' se ĉiuj en la mondo denaske lernos Esperanton kiel duan lingvon? Ĉu vi kuraĝus ekzemple enlasi en vian domon iun ajn, samkiel vi nuntempe enlasus iun ajn Esperantiston?"

"Nu, mi ne dirus, ke mi enlasus *iun* ajn Esperantiston en mian domon", malvarme respondis la prezidanto, sendante al Georgo signifoplenan rigardon. "Ajnokaze, mi vidas, ke ni jam alvenis al la fino de nia kunsido, do ni disiĝu antaŭ ol estos tro mallume ekstere. Ĝis al ĉiuj, kaj fartu bone!"

La klubanoj remetis la seĝojn ĉirkaŭ la tablon, eliris kune el la konstruaĵo, kaj poste, ĝisinte unuj la aliajn, disiris ĉiu en sian propran direkton. Karlo, ankoraŭ enpense formulante argumentojn por plifortigi sian pozicion, ne rimarkis, ke ekstere, malantaŭ diktrunka arbo, nekonato gvatis lin kaŝe, kaj komencis silente postsekvi lin.

Karlo turniĝis maldekstren kaj eniris malluman flankan strateton, kaj la ulo sekvis lin. "*Fermati!*[1]" kriis la rabisto, minace celante Karlon per pafilo. "*Fuori la grana!*[2]"

---

1. Haltu!
2. Eltiru vian monon!

Terurite, Karlo komencis forkuri, sed por malhelpi lian eskapon, la viro alpafis lin, tiel ke li falis sur la grundon. La ulo kuratingis lin kaj kaŭriĝis apud lin por fosi en liajn poŝojn kaj forpreni lian monujon. Antaŭ ol la rabisto kuris for, Karlo rimarkis, nekredeme, ke la rabisto surhavas T-ĉemizon montrantan la insignon de la verda stelo, kaj la jenan tekston: "Se vi parolas Esperanton, mi jam ŝatas vin."

"Esperantisto atakas ŝakale nekonatan Esperantiston kiu simple preterpasis hazarde," pensis Karlo kun amara sento de ironio, antaŭ ol senkonsciiĝi. "Nu, eble jen jam la Fina Venko!"

La malico de la homa koro

Ricevis honoran mencion en la konkurso
"Esperanto ligas homojn" 2023

Mi laboras sklave en la suburba hejtejo de kiam mi povas memori. La tutan tagon mi tiras metalan manilon por faligi karbopecojn en trogon, ŝovelas ilin en fornegon, kaj skovelas la ellasajn tubojn. Ree kaj ree. Ade kaj ade. Denove kaj denove. Senhalte.

La ĉiameco de la laboro permesas al mi konsideri la fakton, ke mi faras nenion propravole: mi sekvas instrukciojn blinde kaj laboras ne pro plezuro, sed pro devo. Mia vivo ne apartenas al mi.

La jena penso obsedas min: kiom malica estas la homa koro, ke oni kreis min, robot-aŭtomaton, devigata labori senĉese, sed tamen kapabla enuiĝi...?

Enamiĝinto

*Ricevis la 1-an premion en
la Belartaj Konkursoj 2024, branĉo Mikronovelo*

Jozefo kaj mi kreskis kune: de la infanaĝo ni estas nedisigeblaj. Hodiaŭ ni dividas ĉambron en la universitata dormejo, sed mi scias, ke li neniam vidos min kiel mi vidas lin: mi ja estas malsimila al li kaj al aliaj knaboj.

Kvankam Jozefo estas ĉio por mi, kiam finiĝas la tago kaj li malŝaltas la lampon, enlite li certe ne plu pripensas min: por li estas kvazaŭ mi ne plu ekzistus.

Mi foje pensis, ĉu konfesi al li mian amon, sed mi tutsimple ne povas.

Kion alian faru enamiĝinta ombro, ol ĝisatendi la morgaŭan lumon, kaj esperi finfine esti rimarkita?

Unuaj amrendevuoj

*Ricevis la 2-an premion en
la Belartaj Konkursoj 2024, branĉo Mikronovelo

Mi ne aparte ĝuis unuajn amrendevuojn kiam mi estis juna; mi des malpli ĝuas ilin nun miaaĝe, post preskaŭ tuta vivo. Sed, tiel statas aferoj.

Ŝi kaj mi sidas en restoracio, vid-al-vide, kaj ŝi faras al mi la ĉiamajn demandojn pri mi, pri mia familio, pri mia vivo.

Mi vidas, ke ŝiaj okuloj glitas scivole al mia ringofingro, kie helaĵo perfidas la fakton, ke mi iam surhavis ringon, sed ne plu. Ĉu mi klarigu tiun nemenciindaĵon, kaj risku kaĉigi la aferon?

Mi decidis silenti. De kiam Alzhejmer-malsano trafis mian edzinon, ni havas unuajn amrendevuojn ĉiun semajnon: almenaŭ ŝi ĝuu ilin.

... kaj la fenestroj, okulojn

*Ricevis la 3-an premion en la
Interkultura Novelo-Konkurso 2024, kategorio sperta

"Mi kredas, ke nia najbaro kidnapis virinon kaj tenas ŝin en la kelo", Faben diris tute trankvile, kvazaŭ li estus petinta al sia edzino transdoni al li la salujon.

En la kuirejo estis nur li kaj lia edzino Lenir, sidante kaj silente matenmanĝante.

Lenir, de la alia flanko de la tablo, eĉ ne levis la vizaĝon de sia ĵurnalo kaj respondis flegme kaj seninterese al la edzo: "Ĉu."

"Jes."

"Ĉu same kiel pasintjare, kiam vi kredis, ke sinjoro Maĥekk trans la strato revendas ŝtelitajn aŭtojn...?"

"Nu, lia garaĝo ja estis ĉiam plena de..."

"Kaj ĉu same kiel antaŭ kelkaj monatoj, vi suspektis, ke sinjorino Ĥekipp estas fakte spionino de fremda registaro?"

"Ŝi tiom vojaĝis! Kiel mi povus scii, ke ŝi fakte..."

"Karulo", Lenir finfine levis la okulojn kaj fiksis Faben seriozmiene. "Ĉu povas esti, ke vi simple iom freneziĝas pro tio, ke vi estas hejme la tutan tagon ekde kiam vi estis maldungita? Ĉu eble vi simple bezonas trovi novan postenon kaj iom eliri el la domo...?"

"Tio ja estus bonega!" li rebatis iom pli kolere ol li intencis. "Sed vi scias, ke la Reĝimo metis min en nigran liston kaj nun neniu dungos min!"

Faben kredis tion ne tute senkiale. Kiam li estis universitata studento antaŭ pli ol dek jaroj, li ja frekventis grupojn kiuj kontraŭis la tiaman registaron kaj ties deziron ŝanĝi la leĝojn por fari tiel, ke la tiama (kaj ankoraŭa) prezidento Nilen Peĥnikk povu resti en la posteno. Kvankam Faben neniam estis arestita, povas esti, ke tiamaj funkciuloj notis la nomojn de junuloj, kiuj simpatiis kun la tiel nomataj "Ribeluloj", la partio estrita de Miĥaliĥ Tenn, kiu oponis la regantan partion.

Faben suspektis, ke kiam antaŭ kelkaj monatoj liaj universitataj samklasanoj festis sian dekjaran jubileon kaj li denove renkontiĝis kun tiuj iamaj ribeluloj, iu stukaĉo denuncis ilin al la nuna registaro. Ne longe post tiu renkontiĝo, oni informis lin, ke lia posteno en lia universitato "ne plu estos bezonata", kaj postaj klopodoj trovi alian laboron estis vanaj. Kompreneble li havis nenian konkretan pruvon pri tio, ke liaj politikaj tendencoj enigis lin en ian "nigran liston"... sed vere ne estis tiel fantazie kredi, ke io tia povus okazi.

"Tio estas nura suspekto via", Lenir replikis malgraŭe, mane forbalaante lian aserton. "Laŭ vi, ĉiuj kontraŭas vin, kaj ĉiuj estas kulpaj pri io, krom vi. Kial ne uzi vian tempon fakte provante dungiĝi ie ajn, anstataŭ gvatante ekster la fenestron por trovi novan priklaĉindaĵon?"

"Ne temas pri klaĉoj!" Faben defendis sin verve. "Mi delonge vidas, ke Generalo Klopp venigas multe pli da manĝaĵoj en la domon ol bezonus sola maljunulo, kaj li ĵus kovris la fenestrojn de la kelo per lignaj plankoj, kvazaŭ li kaŝus ion... kaj mi certas, ke mi aŭdis virinan voĉon veni el tiu kelo, kvankam estas konate, ke li ne havas edzinon, des malpli filinon..."

"Ĉu vere? Ĉu ne povas temi pri ajna vizitanta amikino, aŭ malproksima parencino? Kial viaj pensoj tuj ensaltas al kidnapado? Karulo, mi scias, ke laŭprincipe vi malamas Generalon Klopp pro lia iama postĉasado kaj pridemandado de la Ribeluloj, kaj ke li reprezentas ĉion, kion vi kontraŭis dum viaj universitataj jaroj..."

"Kaj daŭre kontraŭas!" li rapide enĵetis.

"Kaj daŭre kontraŭas, jes", ŝi allasis. "Sed oni konsideras lin heroo de la Malfacila Milito, kaj se li ne emeritiĝus antaŭ unu jaro, post jardekoj da honora servado al la Reĝimo, li estus en la plej altaj sferoj de la registaro. Ĉu vi pensas, ke tia homo kidnapus virinon?"

"Eĉ tielnomataj herooj povas kaŝi sekretojn!" kriis Faben, senespere provante pravigi sin.

"Karulo, ĉi-foje mi kredas, ke vi transpasas la limon", avertis Lenir, leviĝante de la tablo kaj metante la telerojn en la kuirejan lavkuvon. "Estus tre malsaĝe akuzi senpruve iaman heroon de la Patrujo: memoru, ke la muroj havas orelojn", ŝi aldonis, citante popularan diraĵon tiutempan.

Ŝi venis al lia flanko de la tablo kaj kliniĝis por brakumi lin de malantaŭe. "Mi devas baldaŭ iri al la flughaveno, kaj vi scias, ke laŭ la itinero mi ne revenos ĝis la venonta semajno, do mi volas, ke vi promesu al mi, ke vi ne agos malsaĝe dum mia foresto. Legu, spektu televidon, eble provu voki konatojn por trovi alian postenon... sed bonvole ne trovu kialojn enmiksiĝi en la vivon de niaj najbaroj, ĉu konsentite?"

Faben silentis iom paŭte.

Lenir supreniris al la dormoĉambro por finpretigi sin, kaj revenis rulante sian etan valizon. Kiam ŝi atingis la ĉefpordon, ŝi turniĝis por adiaŭi Faben. "Mia taksio alvenis, do mi ekiros nun. Memoru, karulo: ne ŝovu la nazon..."

"Jes, jes", li respondis, mangestante adiaŭe.

Ŝi blovis al li kiseton kaj foriris. Tuj post kiam la ĉefpordo fermiĝis, Faben aliris la fenestron kun vido al la domo de Generalo Klopp kaj elgvatis suspekteme. "Ion li kaŝas", Faben diris al si. "Kaj mi ja eltrovos kion."

Tiun nokton Faben ne povis endormiĝi. La admonoj de Lenir ankoraŭ kirliĝis en lia cerbo, sed eĉ pli ŝia nekredemo, kiu aparte ĝenis lin: ĉu lia propra edzino ne estu pli preta kredi lin? Li leviĝis el la lito kaj aliris la fenestrojn, el kiuj li povis bone vidi la malantaŭan korton de la domo de Generalo Klopp, inkluzive la horizontalajn fenestrojn de la kelo: malgraŭ tio, ke oni kovris ilin per lignaj tabuloj, ioma lumo eskapis el la randoj.

"Mi scivolas, ĉu estas sufiĉe da spaco por vidi enen..." li demandis sin, elkovante ideon.

Li malsupreniris kaj kiel eble plej silente eliris el la malantaŭa pordo en sian korton. La luno estis sufiĉe hela por lumigi lian vojon, do feliĉe li ne bezonis poŝlampon por scii kien iri. Li zorge transsaltis la malaltan barilon kiu dividis lian domon disde tiu de la suspektinda najbaro, kaj senbrue ŝteliris tra ties razeno, cele al la lumigitaj grundnivelaj fenestroj.

Kiam li alproksimiĝis al la domo, li rimarkis, ke la rubujo de la Generalo estas malfermita kaj plenŝtopita. Li ne povis eviti la scivolemon gvati enen, kaj tuj je la supro li malkovris ion ŝokan: malplenan skatolon de tamponoj. "Jen!" li pensis, ekscitite. "Kial sesdekjarulo havus ion tian ĉe si, krom se estas virino en la domo?"

Faben kaŭriĝis kaj kiam li alproksimiĝis por provi vidi tra la fendetoj ĉe la rando de la kovritaj fenestroj, li aŭdis tre klare virinan voĉon kiu pledis: "Sed diru al mi, kiam mi finfine rajtos eliri el ĉi tiu damna kelo?"

La subita alparolo ege surprizis lin: estis kvazaŭ la virino estus nur unu metron for de li, transe de la fenestro. Li restariĝis malrapide kaj komencis retroiri, sed lia piedo kaptiĝis en ia truo en la razeno kaj li stumblis malantaŭen, brue faligante la rubujon. Li mallerte provis eskapi, stumblante dum li provis stariĝi denove, kaj post mallonga rapida kurado li transsaltis la barilon kaj reeniris sian domon. Li anhelis spirmanke, kaj elgvatis el fenestro por vidi ĉu ia lumo ŝaltiĝis ĉe la najbaro, sed ties loĝejo restis malhela kaj silenta, preskaŭ senviva.

"Mi pravis!" li pensis, mem surprizita de sia praveco malgraŭ lia pli frua aplombo. "Sed, kion mi faru nun...? Mi nepre denuncu lin, sed, kiel?"

Li certe ne povis simple alvoki la policon el sia domo: oni certe spuros lian telefonvokon, kaj li absolute ne volis devi respondi al la neeviteblaj demandoj, kiujn la ŝtata polico nepre starigus al iu ajn, kiu akuzus tian gravulon pri tia krimo. Li decidis, ke estus pli saĝe trovi publikan telefonon kaj voki de tie.

Feliĉe, estis benzinejo proksima al lia domo, kiu ankoraŭ disponis publikan telefonon; li haste vestis sin, eniris sian aŭton kaj stiris tien. Li diskis la kriznumeron kaj apenaŭ lasante la telefoniston saluti, tuj elbuŝigis: "Vi devas veni nun! Estas viro, kiu kidnapis virinon kaj tenas ŝin en sia kelo!" Li diktis la adreson de sia najbaro, kaj entajpinte ĝin en sia komputilo, la telefonisto respondis: "Ĉu temas pri ŝerco, sinjoro? Tiu estas la adreso de Generalo Loĥen Klopp! Kion vi celas?"

"Jes, ĝuste li! Mi scias, ke povas esti malfacile kredi tion, kion mi diras, sed mi mem aŭdis la virinan voĉon!"

"Kaj kiu estas via nomo, sinjoro...?"

Faben panikiĝis kaj rapide finis la telefonvokon: sian personan informon li nepre ne dividos kun la polico – fakte, eble li jam diris tro.

Li decidis, ke tiunokte li jam faris sufiĉe, kaj ke estus pli saĝe reveni hejmen kaj atendi.

Tiun nokton li apenaŭ dormis: tro da zorgigaj pensoj kirliĝis en lia cerbo. Ĉu la Generalo aŭdis la bruon pasintnokte? Ĉu li vidis Faben, aŭ suspektos lin? Ĉu la polico kredos lian raporton?

Matene, ankoraŭ laca, li ellitiĝis, vestiĝis, kaj elrigardis el la fenestro de sia dormoĉambro. Je lia surprizo, du nigraj aŭtoj estis parkitaj antaŭ la domo de la Generalo.

"Tio ne estas la polico!" li pensis, kaj lia koro ekbatis rapide. "Tio estas la 'Turoj! Oni kredis min!"

La "Vulturoj" estas la popola "karesnomo" de la sekreta polico de la Reĝimo, kies tasko estas esplori aferojn rilatajn al ŝtatperfido kaj kontraŭregistara agado – kaj tre ofte homoj arestitaj de ties agentoj neniam estas retrovitaj.

Li vidis kiel du nigre vestitaj agentoj elportis la Generalon el ties domo, mankatenita, kaj gvidis lin al unu el la du aŭtoj. Faben larĝe ridetis fieraĉe, sed lia rideto frostiĝis kiam li rimarkis, ke aliaj du agentoj pelas virinon el la domo... sed ankaŭ ŝi estas mankatenita!

Li ne havis tempon longe pripensi la surprizan okazaĵon, ĉar li rimarkis kun kreskanta hororo, ke unu el la agentoj marŝis laŭ la trotuaro kaj direktis sin al la ĉefpordo de lia domo. Kiam Faben aŭdis la sonorilon, li konstatis, ke estas nenia dubo: oni identigis lin kiel la denuncinton, kaj severe pridemandos lin.

Li malsupreniris, enspiris profunde por provi kvietigi sian maltrankvilan koron, kaj malfermis la ĉefpordon. Alta, seriozmiena viro surhavanta nigran kompleton kaj bovlan ĉapelon atendis ekster la pordo. "Sinjoro Gaĥepp, ĉu ne? Mi estas agento Kipunn."

"Bonan matenon, agento", Faben respondis kiel eble plej trankvile. "Mi vidas, ke io okazas ĉe mia najbaro. Ĉu oni forportas Generalon Klopp...?"

"Jes, prave. Sed tion vi bone scias, ĉar estis vi, kiu alertis nin pri lia fiago."

La neŝancelebla mieno de la agento malhelpis al Faben eĉ provi kontraŭstari ties aserton, kaj li glutis nervoze. "Kion do li fakte faris?"

"La plej malbonan el la fiagoj: ŝtatperfidon! Li protektis en sia kelo la delonge serĉitan iaman estrinon de la Ribeluloj, Miĥaliĥ Tenn!"

Tion Faben nepre ne atendis, kaj lia ŝokita silento permesis al la agento daŭrigi sian rakonton.

"Ni delonge suspektis, ke estas li, kiu helpis ŝin eskapi senspure – onidire, li enamiĝis al ŝi post tiom da monatoj da ĉiutaga pridemandado. Kiel ajn, ni havis nenian faktan indikon pri lia kulpeco, kaj kiam li emeritiĝis, oni komencis malpli atenti lin. Nu, ĝis vi menciis, ke vi rimarkis virinon kaŝitan en lia kelo..."

"La... la Generalo fakte helpis ŝin...?"

"Jes! Imagu! Nu, eĉ iamaj herooj povas kaŝi sekretojn, ĉu ne?" respondis Kipunn kun petola okulsigno. "Do, nome de Dumviva Prezidento Peĥnikk kaj la Reĝimo, mi kore dankas vin, sinjoro Gaĥepp, pro via observemo kaj preteco iel ajn helpi la Patrujon seniĝi je tiaj perfiduloj, kiaj estas estro de kontraŭpatrujaj partioj kaj la ŝtataj funkciuloj, kiuj protektas ilin. Kaj ne zorgu: ili estos plej severe punitaj!"

Faben apogis sin per la mano al la kadro de la ĉefpordo, malrapide konsciiĝante pri tio, kion li faris.

"Kiam la novaĵoj raportos pri ĉi tio, ni certigos, ke ili laŭte distrumpetos vian nomon, por ke ĉiu sciu kian valoran servon vi faris por la Reĝimo. Nu, eble viaj universitataj amikoj ne tiom aprezos ĝin", la policano aldonis kun malica rideto, "sed ververaj patriotoj alte taksos vian agadon!"

Kipunn demetis sian ĉapelon adiaŭe kaj turniĝis por foriri, sed haltigis sin por aldoni: "Oni diras, ke la muroj havas orelojn... sed ĉe vi, ŝajnas, ke la fenestroj havas okulojn!" Tion dirinte, li marŝis al la aŭto atendanta lin, kaj Faben vidis la policaŭtojn malaperi kun siaj sekretaj prizonuloj laŭ la silenta strato.

Faben malrapide enpaŝis en sian domon, ankoraŭ ŝokita, kaj fermis la pordon malantaŭ si. Li aliris la fenestron kun vido al la domo de Generalo Klopp kaj elgvatis momenton... kaj rapide brufermis la ŝutrojn.

La tre malbona tago de la sfinkso

*Ricevis la 2-an premion en EKRA (literatura konkurso D-ro Ivan Kirĉev) 2024, branĉo Humuro

Iun matenon, kamparano vizitanta la ĉefurbon, ne alkutimiĝinte al ties malhela flanko, malsaĝe eniris mallarĝan pasejon. Tie troviĝis granda, timiga sfinkso blokanta la vojon. Tiu voĉis tondre: "Se vi volas pluiri tie ĉi, solvu ĉi-enigmon vi!"

La kamparano ne povis fari ion alian ol mute gapi al la minaca hommanĝanto, kiu profitis la silenton por proponi sian enigmon: "Kio marŝas kvarpiede en la mateno, dupiede en la posttagmezo, kaj tripiede en la vespero?"

La kompatinda simplulo ne sciis kion fari. Por eltiri sin el la situacio, li provis diri, ke homo neklera kiel li scias nenion pri enigmoj, sed pro sia timo povis elbalbuti nur la jenon: "H-h-h-homo..."

La sfinkso ŝokiĝis: tra la jarcentoj, neniu iam ajn estis kapabla diveni la ĝustan solvon! Ĝi paŭte diris: "Nu, bone... vi rajtas preterpasi..." La kamparano atendis eĉ ne unu kroman sekundon, kaj kuris preter la timigan beston, promesante al si mem neniam ajn reveni al la granda urbo.

Poste en la posttagmezo, registara oficisto eniris la pasejon de la malsata sfinkso, kiu pensis al si, ke certe nun ĝi ekhavos novan viktimon. Ĝi komencis basvoĉe regurdi sian diraĵon: "Se vi volas pluiri tie ĉi, solv–"

"Haltu!" rapide enmetis la oficialulo. "Prefere *vi* respondu al *mi* la jenon: kiu rajtigis vin loki vin ĉi tie? Ĉu vi havas oficialan permesilon? Ĉu vi pagas impostojn pri la tereno?"

Estis nun la vico de la bestego balbuti. Ĝi provis respondi: "Nu, mi– mi–"

"Mimi? Kiu estas tiu Mimi? Mi garantias al vi, sinjoro, ke neniu Mimi laboras en la Oficejo de Urba Planado, kie mi deĵoras de pli ol jardeko! Jen mi donas al vi monpunon, kaj tuj vokos la policon por elpeli vin de tie ĉi!"

Jam tiun vesperon oni estis perforte forpelinta la sfinkson el ties kovejo. De tiam, ĝi travagas la urbon sencele, almozpetante por manĝi. "Mi proponos enigmojn kontraŭ mono", ties kartona ŝildo promesas al preterpasantoj.

La lastaj vortoj de viv-ĝuanto

*Ricevis la 2-an premion en la konkurso
"Esperanto ligas homojn" 2024

La kuŝanta maljunulo, mortonta, ekparolis al tiuj, kiuj staris ĉirkaŭ li.

"Se vi estus dirinta al mi kiel junulo, ke mia mortolito estos tiel abunde ĉeestata, mi ne estus kredinta vin", li diris malforte, kun ironia rideto. "Mia tiama vivo estis ege aventur-plena kaj mi neniam havis ajnan planon por la estonteco. Mi neniam restis en unu sola loko dum longa tempo, traveturante la mondon de oriento ĝis okcidento, de nordo ĝis sudo. Mi vizitis la plej belajn (kaj konfesinde eĉ la plej malbelajn!) lokojn de la planedo, kaj spertis multajn el la mirindaĵoj kiujn nia mondo proponas. Ĉu vi iam vidis akvofalon tiel altan, ke de la malsupro rigardante supren, ŝajnas kvazaŭ la akvo falus rekte de la ĉielaj nuboj? Ĉu vi iam gustumis pladon faritan nur el la manĝeblaj floroj, aŭ surstratajn manĝetojn faritajn el frititaj insektoj?

"Mi faris la plej diversajn kaj hazardajn laborojn por vivteni min: haringo-fiŝisto en la Norda Maro; tritiko-rikoltisto en Barato; rubaĵo-kolektisto en Tajlando. Tra ĉio, tamen, mi ĉiam klopodis ĝui mian vivon ĝis la lasta guto. Mi multe amoris – kvankam konfesinde mi malmulte amis. La mondo – ne skandaliĝu, mi petas! – sendube estas prisemita de infanoj miaj pri kies ekzisto mi eĉ ne scias, kaj de iamaj amantinoj kiuj havas nur svagajn sed espereble agrablajn rememorojn pri la patro de siaj idoj.

"Mi vizitis ĉiun landon en la mondo kaj konatiĝis kun centoj da homoj el la plej diversaj kulturoj kaj viv-cirkonstancoj. Mi traveturis tutajn landojn per motorciklo kune kun homoj kies nomojn mi lernis nur la antaŭan tagon. Mi partoprenis geedz-iĝfestojn de ĉiaj religioj kaj spertis la plej ekzotajn ritarojn. Mi ebriiĝis kaj festis kun gekamaradoj kies lingvon mi apenaŭ parolis, sed kun kiuj mi tute bone interkompreniĝis. Tamen, ĉu multajn amikojn mi fakte havas? Kiam mia sorto ŝanĝiĝis kaj mi falis en mizeron, neniu el ili helpis min. Ĉu iu el ili eĉ memoros min kiam mi forestos? Ĉu mi entute gravis al iu ajn, aŭ ĉu mi mortos sola, kaj neniu priploros min...?"

Li rigardis ĉirkaŭe, senkonsile serĉante respondojn, kaj liaj okuloj nebuliĝis. "Eble mi neniam scios..." Lia trista voĉo malfortiĝis ĝis silento, kaj li entute ĉesis moviĝi.

Ĝuste tiam, la ambulancistoj alvenis, kaj la ĉeestantaj scivolemuloj disiĝis por permesi al ili aliri la feblan ĉifonulon kuŝantan senmove sur la frida parko-benko.

"Kion li diraĉis, laŭ vi?" unu el la gapantoj demandis al alia post kelkaj minutoj, vidante la helpkuracistojn, jam venkitajn de la morto, zorge enmeti la senhejmulon en nigran plastan sakon.

"Diablo scias! Li parolis en fremda lingvo, el kiu mi komprenis nenion. Tamen, mi supozas, ke tia neniohava almozulo povas nur esti feliĉa pri tio, ke almenaŭ li ne mortis sola..."

La konfeso

*Ricevis honoran mencion en la konkurso
"Esperanto ligas homojn" 2024

"Panjo, mi scias, ke estos malfacile, sed mi devas rakonti al vi tion, kio okazis pri la malapero de Guillermo, pri la morto de Paĉjo, pri la teruraĵo kiun mi faris..."

La mezaĝulino ĉe la kuireja tablo palpebrumis senkomprene kaj respondis tremvoĉe al sia filo: "La teruraĵon kiun vi faris? Kiam vi venis ĉi-matene, senaverte, mi supozis, ke vi venis por diri al mi kion vi faris post via diplomiĝo, kaj rakonti viajn vivaventurojn!"

La junulo klinis la kapon. "Viv-aventuro... nu, eble tiel vi povus nomi ĝin... Ajnokaze, D-ro Paz konsilis al mi, ke mi revenu hejmen kaj senpezigu min. Ĉu en ordo?"

Ŝi kapjesis malcerte, ankoraŭ ne komprenante ekzakte kio ĵus revenigis ŝian filon hejmen post kvinjara foresto. "En ordo, Duarte. Sed sciu, ke kio ajn okazis, mi amas vin."

Li rigardis ŝin triste. "Ni vidos. Nu, mi komencu per tio, kio okazis pri Guillermo."

"Ho, karulo, tio estas tre malfacila temo: ĉu vere–"

Duarte fiksrigardis sian patrinon silentige, kaj kiam ŝi kapjesis, li ekis:

Kiel vi scias, mi kaj Guillermo estis nedisigeblaj, malgraŭ tio, ke neidentaj ĝemeloj ne povus esti pli malsamaj: li estis populara, kaj mi, izoliĝema. Ankaŭ nia rilato kun Paĉjo estis malsimila: kun Guillermo li estis varmkora, sed kun mi, malŝata. Estis Guillermo kiu ofte malsupreniris en la kelon kun li, kaj ili dividis ian komplicecon el kiu mi restis elŝlosita. Li ofte forestis kiam mi enlitiĝis, sed eta strio da lumo sub la kela pordo perfidis la fakton, ke ili ankoraŭ umis pri io aŭ alio en la subtera etaĝo.

Iun tagon mi demandis al li, kion ili faras kune. "Ni simple... stultumas", *li respondis neresponde.*

"Stultumas pri kio?"

"Pri diversaj aferoj! Ne zorgu, entrudul'!" *li diris mok-ŝerce, sed mi rimarkis tavolon da laŭintenca evitemo.*

Scivola, tiun vesperon mi ŝajnigis endormiĝi kaj vidis kiam Paĉjo envenis la ĉambron kaj faris venigan fingrogeston al Guillermo. Li, trenpaŝe kaj rezignacie, sekvis Paĉjon. Kiam ili estis for, mi elglitis el la ĉambro kaj aliris la kelan pordon.

Mi gvatis en la malhelon. Ne estis tuj tute klare al mi kion mi vidis, aŭ eble mi ne volis tuj distingi kion ili faris. Sed 15-jarulo jam sufiĉe aĝas por kompreni, do mi ne povis malvidi kion mi vidis.

"Haltu!" kriis Panjo terurite. "Kio? Ĉu mi bone kaptis vian aludon...?"

"Ŝajne jes."

"Mia Dio! Kiel mi neniam eksciis?! Nu, mi laboris nokte, sed...! Karulo, kial vi ne–"

"Vi ankoraŭ havas demandojn: mi daŭrigu..."

La sekvan matenon mi aliris Guillermon, kaj diris al li kion mi vidis. Mi demandis kiel ofte tio okazas, kaj kial li daŭre konsentas malsupreniri en la kelon. Li respondis, triste kaj lacmiene: "Ĝi okazas *pli ofte ol vi konscias, Kaj kial mi ne rifuzas? Nu... ĉar tiam li venus por vi."*

Ŝokite, mi diris, ke mi ĉion rakontos. Li ekploris, kaj surgenue igis min ĵuri, ke mi tenos lian sekreton. Malgraŭ miaj sentoj, mi konsentis.

La sekvajn tagojn Guillermo iĝis enmemiĝema kaj ne parolis al mi: la kuna sekreto distancigis nin. Pli malfrue tiun semajnon, Paĉjo venis nokte kaj perfingre vokis Guillermon, sed li ne reagis. Paĉjo restis senmove, kaj tiam mi rimarkis, ke li fiksrigardas min. Mi ŝtoniĝis, ŝajnigante nekomprenon, sed li atendis neŝanceleble ĝis mi, venkita, silente ellitiĝis.

Mi sekvis lin ĝis la kela pordo, kie li igis min eniri unue. Ĉiun ŝtupon malsupren alproksimigis min al la plej granda teruro iam ajn. Li ŝlosis la pordon kaj mem ekmalsupreniris senzorge, certpaŝe, klarcele.

Atinginte la plankon, li metis la manojn sur miajn ŝultrojn, sed subite ekmienis strange. Li subite ellasis min kaj kun ekkrio tenis la livan brakon per la dekstra, la vizaĝon ekmontrantan doloron. Li ŝanceliĝe ordonis al mi: "Voku la ambulancon!" Mi silente gapis al li, kaj li kriaĉis interdente: "Iru, bubaĉo!"

Mi kuris supren, malŝlosis la pordon kaj elkuris el la kelo. Kion fari? Mi aŭdis liajn akrajn ĝemojn desube, kaj tuj faris decidon: mi iris al mia ĉambro, fermis la pordon, kaj enlitiĝis. Mi eĉ ne kontrolis ĉu Guillermo jam dormis aŭ ne.

La sekvan matenon min vekis viaj vekrioj, kaj mi estis la unua kiu rimarkis, ke Guillermo ne plu estas tie. Mi supozis, ke li kulpigis min pri la morto de Paĉjo, ke li sentis, ke li iel influis mian agon. La sekvajn tagojn mi pasigis kvazaŭ en nebulo: mi vere memoras malmulton el tiu tempo, krom la senton de manko, tristo kaj kulpo.

Panjo palpebrumis, provante kompreni ĉion, kion ŝi ĵus lernis pri la malapero de Guillermo kaj la morto de Paĉjo. "Kara, mi eĉ ne scias kion diri. Kiom multe vi devis silente trasuferi dum la lastaj jaroj! Kiom da kulposento vi devis elteni! Tamen, ne kulpas vi, sed mi! Estas *mi* kiu devintus scii! Estas *mi* kiu ne bone prizorgis vin!"

Duarte alproksimiĝis al sia patrino kaj brakumis ŝin. "Vi pravas pri mia kulposento sed... vi ne komprenas la kialon." Panjo retroenpaŝis por rigardi sian filon en la vizaĝon kaj atendis. "Mi ne sentas min kulpa, pro tio, ke mi ne vokis la ambulancon: mi malamas min pro tio, ke mi mem ne kuraĝis mortigi lin."

Panjo denove komencis plori, elĉerpita pro la sinsekvo de animskuaj novaĵoj. Kiam ŝi povis denove paroli, ŝi tenis liajn vangojn per la manoj kaj diris tenere: "Mi estas feliĉa, ke vi decidis finfine senŝarĝigi vin je ĉio ĉi tio, kara: mi ne dubas, ke D-ro Paz pravis pri tio, ke nur priparolante la aferon vi povos finfine komenci resaniĝi."

Ŝi ridetis al li ame, sed iom triste pensis: "Mi nur scivolas, kiam D-ro Paz helpos al Duarte finfine kompreni, ke li estas solinfano..."

Dankesprimoj

Mi elkore dankas tiujn, kiuj helpis min realigi mian revon publikigi mikronovelaron: Simone Davis pro ŝia taksado de la rakontoj; Stela Besenyei-Merger pro ŝia amikeco kaj trafaj, nemalhaveblaj komentoj kaj korektoj; la Bobelartanojn pro ties amiketosa subteno; organizantojn de literaturaj konkursoj pro la permeso aperigi miajn gajnintajn verkojn tie ĉi; Ana Lobo Carvalho pro la belegaj ilustraĵoj; kaj ĉiujn, kiuj kuraĝigis min daŭrigi mian verkadon (speciale mian edzon Alex kaj miajn infanojn Eric kaj Alana, kies Papi pasigis tro da horoj antaŭkomputile).

Laste sed ne balaste, mi dankas vin, la leganton, kiu elspezis viajn tempon kaj monon legante miajn elcerbaĵojn.